大
U0073890
團裡
愛的學妹

2. 消極學長與積極學妹的煙火大會

水棲虫
suiseimushi
[插畫]
maruma（まるま）

Kadokawa Fantastic Novels

登場人物

CHARACTERS

阿實
大學二年級　人文學院法律系

牧村的朋友。本名是實松和也。社交能力好，加入許多社團，但大部分是幽靈社員。

渡久
大學二年級　理學院化學系

牧村的朋友。本名渡久地幸成。同時隸屬游泳社，在社團內有個女朋友。

宮島志保
大學一年級　人文學院社會系

美園的朋友。個性開朗，生性擅長與人交際。

成島航一
大學三年級
教育學院教師學程主修數學教育

綽號阿成學長。文執的老學長。

島內香
大學二年級　教育學院主修幼兒教育

與牧村同梯加入文執。是個可靠的大姊大。

一之宮仁
大學二年級　農學院生物化學系

牧村這屆的文執委員長。雖然不太可靠，做事盡心盡力而得人緣。大家都叫他仁。

小泉雄一
大學一年級　理學院生物系

容易得意忘形的學弟。

岩佐若葉
大學二年級　人文學院社會系

不像關西人的關西人。中意美園。

序章

「牧村同學，發生了什麼好事嗎？一定有吧？」

「……怎麼突然問這個？」

打工時間結束後，我從內場走向更衣室的途中，被正在處理行政工作的工讀生領班叫住。她的表情看起來非常愉悅。

「我看你今天心情好像很好啊。你似乎有在壓抑，但根本沒完全壓住。」

那想必是因為昨晚美園來我家過夜的關係。其實我已經決定要全心全意付出，讓她覺得我是個可以依靠的學長。下定決心要好好努力，讓我們的關係超越學長與學妹。更重要的是，自己度過了一段非常幸福的時光。所以即使只過了半天，心中的熱度現在依然沒有消退。

「沒什麼啊。」

「是喔。」

我試著敷衍了事，似乎沒什麼用，她依舊不改那副賊笑的嘴臉。

「先不說這個……現在雖然有點早，但我是不是先交下次的班表比較好？因為就要考試跟放暑假了。」

「哦，幫了大忙。我剛好想提早排班。你今天果然不一樣，真有一套呢。」

儘管她順著我的意改變話題，最後還是不忘調侃我。也算是很有她的作風啦。

「我先道歉，因為要考試，我排不了多少班喔。」

文執在七月幾乎沒有活動，所以時間相對比較彈性。但說到底，之所以沒有活動，也是因為有期末考。如果因為有空就全拿來打工，那根本是本末倒置。

「我知道你要考試，不會強人所難啦，放心。你七月只要有排煙火大會那天的班，我就沒意見了。」

「煙火大會？」

「就是七月最後一個星期六。因為別說有對象的員工，連沒對象的員工都不想來上班，每年一定人手不足，很傷腦筋。所以才想稍微提早排定班表。」

領班捶捶自己的肩膀，似笑非笑地看向某種紙張——應該是其他人的排班表。

今年就要二十四歲的她鬆開髮夾，放下長長的秀髮後，吐出一口氣。要在有活動時編排有限的人力，得煞費苦心。

「還真是辛苦。好吧，我會排那天。」

「謝謝你了。」

我接過她遞出的排班表後，回到更衣室換好衣服。在排班之前有件事想先調查，所以打開手機的瀏覽器。按下搜尋，剛才領班提到的煙火大會就顯示在頁面最上方。接著打開網頁，上頭提到這個煙火大會在離車站三公里外的一級河川（註：指在日本《河川法》劃分下，由國土交通大臣指定，對日本國土安全及國民經濟有相當重要性的河川）岸邊舉辦。是縣內規模數一數二大的煙火大會。

「這是我下個月希望排班的日子。麻煩了。」

「好～謝謝你……………欸，牧村同學。」

領班接過我交出的排班表，大略看了一眼後，聲調感覺有些低迷。原因當然是——

「煙火大會這天你畫了一個叉耶，是畫錯了嗎？我幫你改喔。」

「不，我沒有畫錯，麻煩照上面排班。」

「……你不用死愛面子沒關係喔。」

她一改嚴肅的表情，以溫柔的表情正對著我苦口婆心地說道。

「沒有，我不是死愛面子——」

「因為你聖誕節不是有來上班嗎！反正你沒有女朋友，沒差吧！」

「請妳不要擅自認定啦。」

「難道你有？」

「我沒有啦，可是妳這種說法太過分了吧……反正今年煙火大會那天不行啦。」

其實她也沒說錯，就是認定得太過分了。或許當天的人力就是這麼吃緊，她依舊不肯罷休。

「你這麼說的意思，是當天要拋棄我去耍帥邀女孩子嗎！」

「請妳不要把話說得這麼難聽啦。盂蘭盆節期間我都會來上班當作補償啦。」

儘管排班是按照個人自由，我多少還是有罪惡感。最後打出盂蘭盆節這張手牌似乎有效，領班雖然嘴上滿滿的抱怨，還是按照我的意願，成全我的休假。但最後還補了一句不吉利的話：「要是被甩了，就給我來上班。」

「煙火大會啊……」

我回家之後，用電腦開啟剛才的網頁。首頁放著一張鮮豔的煙火照，非常漂亮。但我之所以在人手不足的煙火大會當天排休，並不只是想欣賞這幅美麗的光景。

而是因為想邀美園，和她一起去看這幅光景。

況且八月有名為文執合宿的一場旅行。

我和美園會一起回家、吃飯、麻煩她下廚、過夜，關係算是很親密……我覺得啦。所以為了從學長與學妹的關係再往前一、兩步，最適合參加這種活動了。

重要的是，在稍微遠離日常的時光中，美園會露出什麼樣的笑容呢？我想著她那抹婉約的微笑，自然而然就會這麼想。

這使我無比期待即將到來的夏天。

第一章

「牧牧，今天要打工喔？」

「沒有啦。因為睡翹的頭髮一直弄不好，就乾脆抓頭髮了。」

過了一個週末後，來到星期二。在文執的全體會議開始前，我說出不知道已經是今天第幾次的相同謊言，回答香的問題。自從決定改變自己後，我首先想到的，就是從形式開始著手，所以換了個髮型。反正美園也誇我這樣很好看。

「仔細一看，跟你去打工的時候好像不太一樣？不錯啊。你以後都這樣吧。」

「反正一早起來做造型也不花時間，我儘量這麼做吧。」

香的這番話真是及時雨。我現在還在摸索每個人的評語，有她這麼直接的一句話，真的幫了我一個大忙。她聽了我的回答，大概覺得心滿意足了，便回到自己的位子，不忘留下一句：「那部門會議再見。」

「阿牧，可不准偷跑喔。」

「偷跑什麼啦？」

「你換髮型是想交女朋友吧？逃不過我的法眼。」

我和香的對話結束後，一旁的阿實這麼說。沒想到他這麼敏銳，不過這還在我的預料範圍內。

「阿實，抱歉了。」

與其胡亂否定，順著對方的話說下去，更能讓話題不了了之。

「下次聯誼不找你了喔。」

「啊～這可傷腦筋了～」

說到底，我根本沒去過。而且重點是，我又不是為了隨便找個女友才改變髮型。所以就算他不邀我去聯誼，也不會造成什麼困擾。

「辛苦了。」

當我和阿實爭論不休時，渡久在開會前五分鐘出現。

「我跟女朋友一起吃飯，結果來晚了。」

明明沒問，他卻喜形於色地這麼說。看到朋友這樣，我和另一個朋友雙雙擺出臭臉給他看，其實心中有那麼一點羨慕。

今天的全體會議，是公關宣傳部上台。他們公布今年文化祭的標誌設計案後，開始徵求意見。我們會以這個標誌的意象，製作看板以及裝飾在舞台背板的圖樣。因此如果不能獲得所有人的認可，執行委員會也無法繼續運作。是非常重要的議題。

今年的設計案是以手寫文字為中心，做成和風樣式。就我個人來說，這圖案的品味很好。身旁的阿實和渡久感覺反應也不錯。可是——

「去年也是這樣，就是沒辦法一下子決定好耶。」

「對啊。」

聽到他們小聲這麼說，我也帶著苦笑點頭。愈是重要的議題，就會出現愈嚴格的提問。今天也不例外，現場開始了一場彼此毫無顧忌的意見衝突大會。畢竟要是以後才發現這個標誌設計有缺失，接踵而至的修改會多到讓整個文化祭毀於一旦，所以大家檢視的眼光都很嚴格。

「但這種事本來就不可能全場一致通過，所以今年也會採行多數決吧。」

「是啊。設計品味這種事再怎麼吵，也吵不出什麼所以然嘛。」

正如阿實所說，最後結論是「沒什麼大問題」，表決結果多數都贊成。下週這個標誌就會正式發表，執行委員會的首頁上也會開始公開募集看板和舞台背板的圖樣。募集時間到八月中旬，雖然金額不多，不過我們會提供微薄謝禮給圖樣受到採用的人。

後來開始表決今年度的文化祭執行委員的工作人員外套要用什麼顏色。我覺得只要不是粉紅色這種有點牴觸的顏色，什麼顏色都行，但我實在是忘不了美園穿著藍色工作人員外套時的表情，所以投了和去年一樣的藍色一票。最後投票結果是白色。

「今天若葉學姊好有魄力喔。」

我們的部門會議很快就結束，因為也沒有小組會議，我就送美園和志保一程。原本想主動邀她們，但拖著拖著，志保就先來找我了。

「嗯，對啊。」

我們走在回家的路上，志保開啟的話題是她所屬的第一舞台組組長——岩佐若葉。今天在全體會議上，對標誌設計一事發表嚴格意見的人們中，她是中心人物。對一年級生來說，尤其是和她同組、在她底下做事的志保，或許是一幅很有衝擊性的畫面。

「以後隨著討論的事情增加，就算沒有若葉那麼誇張，那種狀況也會變多喔。」

「感覺好可怕喔。」

「畢竟雙方都很認真啊。而且我明白說話嚴厲的人，對一個組織而言很重要，所以妳們也不用耿耿於懷啦。」

「道理我都懂啦⋯⋯」

見志保的表情顯得有些緊繃，我隨口說聲加油鼓勵她，接著移動視線看向美園，只見她看起來有點消沉。我們一路走來，就快到公車站了，可是她幾乎不曾開口說話。

全體會議開始前，我們有傳訊息稍微聊了幾句。當時她的文字都很客氣，並沒有無精打采的感覺。從她傳的貼圖看起來，反而給我興致高昂的印象。難道是被全體會議的氣氛嚇到了？

「啊，公車來了。」

當我擔心美園，就要開口叫她的瞬間，志保看見公車從左側駛來，她對我和美園道別後就跑過去了。臨走前還小聲地用只有我聽得見的音量說：「美園就拜託學長嘍。」

「美園——」

「學長——」

在我要開口的時間點，我們的聲音互相重疊。雖然多少有點尷尬，我卻有更多的喜悅。不知道美園有什麼想法，不過她也羞赧地笑了。她還是笑起來最可愛。當然了，消沉的模樣也非常可愛。

「妳先說吧。」

我笑著伸手示意她先說，只見美園有些躊躇，最後還是點了點頭，開口說：

「牧村學長，你想受女生歡迎嗎？」

「什麼？」

還以為她會就今天的全體會議問我問題，所以聽到這道意料之外的提問，腦袋瞬間停擺。

「我聽見你和香學姊的對話。而且你也突然換了髮型……」

「我不是想要受歡迎才換髮型啦。該說是心境產生變化，還是怎樣……」

改變髮型的理由是因為心境產生變化，這並不是謊言。但我完全沒有想受不特定多數女生歡迎。而是對在眼前忸忸怩怩，卻依舊不別開視線的美園——只想吸引她一個人注意。

本來想乾脆這麼說出口，不過她突然聽到這種話，一定很困擾吧。重要的是，我也沒膽說出口。

「可是之後，你還跟實松學長聊到聯誼吧？」

「妳誤會了。阿實的確約了我好幾次，但我一次都沒去過。」

他是真的邀了好幾次，然而我面對第一次見面的人，根本沒辦法好好說話，所以每次都堅決不去。我對聯誼本身還是感興趣，但現在覺得不參加是對的。

以前美園說過：「我並不是想要男朋友，而是想跟喜歡的人交往。」我想她一定也不會喜歡「誰都好，我就想交個女朋友」的這種態度吧。無論如何都不希望她對我有這種誤解。

「妳以前不是誇過我這個髮型嗎？」

「呃，對、對啊。有誇過……」

那是她第一次來我打工的地方，還有我們一起出去吃飯時的事。要是沒有這兩次，就算我想改變自己，恐怕也沒有改變髮型這個選項。

「從那之後，我就一直想好好整理頭髮，一直到前陣子才終於下定決心。大概是這樣吧。」

說實話，我覺得把心裡話講出來很難為情。但這遠比被她討厭要好得多。應該說，要是被她討厭，我或許只能回老家了。

「原來……是這樣啊。不好意思，都怪我胡思亂想。」

美園沒有挪開視線，開心地笑著這麼說。不過之後卻稍微跟我錯開視線，然後又看回來。看得出來那張標緻臉蛋上的笑容，已經帶著惹人憐愛的羞怯。

「這個髮型很適合學長……很好看。」

「謝謝妳……聽到妳這麼說，我很高興。」

我能清楚感覺到心臟在狂跳。和美園四目相對，說出稍嫌直接的話語。只見美園眨了眼後，瞪大原本就圓滾滾的大眼。接著造訪的沉默並不會讓人感到尷尬。和靦腆的美園四目相交的時間，總是讓人焦急。

「對、對了，工作人員外套的顏色，美園選什麼顏色？」

再沉默下去，我愈來愈快的心跳聲就會被美園聽見，所以試著把話題轉移到她一直很期待的工作人員外套上。

「啊，這個……其實我很想穿充滿回憶的藍色外套，所以選了藍色。本來就覺得和去年一樣的顏色不會當選，果不其然呢。」

「二年級的學生應該都投給藍色以外的選項了吧。」

除了我。

「不過沒關係。我覺得有點可惜，但今年能穿上跟大家還有牧村學長一樣的白色外套，一定會是一段美好的回憶。」

經她這麼一說，我也開始期待和她穿著白色外套跑活動了。白色一定很……不對，是一定也很適合她。當我開始想像時，美園的臉上浮現一抹靦腆的笑容，接著說：「而且……」

「上次我已經穿過牧村學長的外套了。」

「那就好。」

「是啊。謝謝學長。」

美園開心地瞇起眼睛，對我行了一個還是同樣美麗的禮。其實自己當時也有這種想法，如果穿外套能讓她這麼開心，那應該是我要說謝謝才對。

「假如妳還想穿，隨時可以……」

我話說到一半，才驚覺自己得意忘形了。我們直到剛才為止，還在討論今年的工作人員外套。而且在上學期尾聲時，她就會拿到自己的工作人員外套。然而——

「我不會客氣喔？」

美園瞇起圓圓的大眼，說出與之前相同的話語。

她記得我們當時的對話，而且實際說出口這點，確實令我歡喜。不過知道她也期待本以為是我自己得意忘形的事，這更令我喜形於色。

「……嗯，妳別客氣。」

我稍微用力控制快傻笑出來的臉頰，用同樣的話語回答。美園聽了遮著嘴，呵呵笑著說：「好。」並溫柔地點頭。

「妳可以在文執結束後，回程順便來我家。」

「謝謝學長。」

我們正好走到我住的公寓旁，美園看著我用手指著公寓，展開笑顏。下一秒卻突然說：「啊，對了。」便將視線移回我身上，並把手伸進包包裡。

「牧村學長，不好意思，沒有及時把這個還給你。」

「噢，鑰匙啊。」

美園拿出一只白色的信封。她隨著道歉，遞出手上的信封。我接過信封確認，發現裡面裝著我家的鑰匙。

「對。我一直覺得必須還給你，可是……」

美園一臉愧疚地再度低頭道歉，於是我說了句：「不用放在心上啦。」其實很想說不用還也沒關係。但我們畢竟不是可以說這種話的關係，而且就算說了，也是徒增她的困擾。

「反正這本來就是沒在用的鑰匙，再說妳也絕對不會用來做壞事，不是嗎？」

「是啊，那當然。」

我提問後，美園認真地大大點頭，筆直看著我的眼睛。我已經接過她用雙手遞出的信封，但或許是因為我的動作太緩慢，她的手指始終抓著信封，貼心地替我留意不讓信封掉落。

當初將這把鑰匙交給她的時候，曾經想過會不會有朝一日，我會告訴她不用歸還？而現在，我強烈地想著，希望有朝一日她能收下這把鑰匙。

◇◇◇

如果是平常，星期五的課只會到第三節。但今天要補課，所以我一直到第四節都還在學校。第四節課結束後，就將近下午五點了。考慮到要準時出席文執在六點的全體會議，回家一趟也顯得很麻煩。

於是我決定到好久沒去的文執委員會辦公室露個臉，便從我上課的理學院A棟往共同G棟前進。只要跟哪個剛好有空的人一起去學餐，時間上也正好。

委員會辦公室裡，有像我現在這樣覺得在全體會議前回家很麻煩，索性來這裡消磨空堂時間的人。也有純粹閒得發慌而泡在辦公室裡的人。持有鑰匙的是委員長、副委員長、各部長，還有負責會計的人。不過這裡大致上都有人在，所以幾乎整天都是可以自由進出的狀態。

「辛苦了。」

我按照慣例打招呼後走進委員會辦公室，發現裡頭約莫有十五人，大家也都異口同聲回應「辛苦啦」、「辛苦了」、「學長辛苦了」。就我所見，一、二年級的人數大致相同。

一年級的都是其他部門的學生，我幾乎沒和他們說過話。而可惜的是，二年級中我能約出去吃飯的人，也只有仁這個委員長。但他正忙著準備開會的東西，看起來很忙。

沒辦法。我就在這裡隨便打發時間，直到五點半左右再去第一餐廳吃飯吧。

「你是牧牧學長吧？」

「噢，你是迎新時見過的學弟。」

就在我要翻開課本時，出聲跟我攀談的人，是迎新時和阿實在同一個圈圈的一年級生。不過當時我是後來才加入那個圈圈，所以沒聽到他自我介紹。

「其實明天活動之後，有一場一年級的交流會，不曉得學長知不知道君岡同學是否會出席？」

「不知道。我甚至現在才知道有那種活動。不過經你這麼一說，去年好像也是這個時期舉辦。」

順帶一提，我剛才連帶想起眼前這個一年級生在之前文化祭準備工作時，也在向我詢問美園的那群人中。我確實和她同屬第二舞台組，但大概是因為組內有同為一年級、個性又外向的雄一在，與美園有關的問題，都去問他了，總覺得已經很久沒有碰到和她有關的問題了。

「這樣啊。活動可以即席參加，如果學長方便，請跟她說一聲。」

「有機會的話吧。」

我目送道謝後離去的學弟，在心裡補充：「但我絕不會勉強她參加。」假如美園沒什麼事，按照她的個性應該會去吧。不知道她在一年級之間有什麼樣的交友關係。不過她會和一群一年級的人一起出去，也會和志保以外的朋友來餐廳，想必人緣很不錯。畢竟她是個好女孩，理所當然。

美園說她想在文執創造美好的回憶。和同梯交流當然也是其中一環，於我而言也是一件值得開心的事。然而大了一屆的我，卻無法加入那個圈子。實在是很遺憾。

「聽說明天有一年級交流會？」

「對。作業結束後，一樣是借用合宿館的場地。」

「妳會參加？」

「會。因為這是第一次一年級全員集合，我很期待。」

會議結束後，我送美園回家時拋出這個話題，她也笑著點頭。

「畢竟以後要同甘共苦，我想跟大家好好相處。」

美園說出感覺好像在哪裡聽過的話語，靦腆地笑了。但比起那副惹人憐愛的表情，她記住我說過的話並親口說出來，更強烈撼動我的心。

「妳一定沒問題的。」

「謝謝學長。能聽到學長這麼說，我有信心多了。」

美園露出微笑，接著繼續詢問去年交流會的風貌。問我有沒有參加、大家都說了些什麼等等。每當我回答一道問題，她就會開心地綻放笑容。

「不過可別玩太瘋喔。妳又喝不了酒。」

「上次給學長添麻煩了。不過我不會再失敗。」

美園說著，眉尾無精打采地下垂。不過並不像當時那樣，愧疚到像要消失不見。原因之一，大概是她也知道我是半開玩笑，然而我想認為是我們之間已經比較親近了。

但到頭來，我們的話題一直圍繞交流會，我沒能說出煙火大會的事。

◇◇◇

今天是六月的第三個星期六，要進行暑假前最後的作業。主要內容和之前一樣，在修補好的木製看板和紙製看板上貼模造紙。接著會從下週開始募集的設計案中，選出適當的設計，並畫在我們做好的白紙看版上，替文化祭增添色彩。

就像我之前跟雄一解釋過的那樣，在看板上黏貼模造紙其實很難。要是一個人自己貼，可能會覺得煩躁，不過跟文執的夥伴們和樂融融地進行作業卻格外開心。排定行程的時候，本來就把失敗的時間算進去了，所以即使多少有點失敗，還是不會延誤行程。我想這也是能樂在其中的理由之一吧。

剛開始貼模造紙的時候，一年級生都面帶緊張，不過到了今天最後一天，大家的表情都變得很開朗。

我突然有些在意，開始尋找美園的身影，也馬上就找到了。她正好貼完一個木製看板的模造紙，一臉開心地和旁人低調擊掌。看她如此開心，我也覺得內心雀躍。不過在一旁擊掌的人之中，理所當然也有男人，那讓我的心一陣刺痛。以前不懂，但現在已經知道這是來自於我的嫉妒心。

「阿牧，怎麼啦？你的表情很怪耶。」

感覺到有人從旁拍著我的肩膀，一轉頭，渡久就對我這麼說。

「我發現自己新的一面了。」

從未想過自己竟會有這種感情。

「聽不懂你在說什麼。」

渡久傻眼回應後，我們繼續談話，我也把視線挪回原本的方向，只見美園已經結束擊掌，現在正和一旁的一年級生有說有笑。在討論今天的交流會嗎？

如果我也是一年級，是否就能融入那個圈子呢？當我察覺自己竟想著這種於事無補的假設，不禁輕輕拍了拍頭。一旁的渡久失禮地問：「腦袋還好嗎？」可能不太好。

說到底，這只是在強求自己沒有的東西。我現在之所以能獲得和美園相處的機會，全是因為我們之間有學長與學妹這層關係。假如我和她同是一年級生，一定不會有任何交集。所以現在的我已經很有福氣了。儘管腦袋明白，心情上卻還是無法完全接納。

黏貼作業結束後，我從下午三點開始要打工。雖然很在意一年級的交流會，姑且還是乖乖做好工作，應該有啦。順帶一提，在我進入更衣室前，領班以宛如亡靈的表情，憤恨不平地說：「煙火……」

『交流會結束了。結果和牧村學長說的一樣，我玩得很盡興。謝謝學長。』

我換好衣服看了看手機，發現有一則新訊息，還附帶一個秀二頭肌的企鵝貼圖。傳的人當然是美園。大概是因為我昨晚半開玩笑地道出擔心，她才姑且傳訊息通知我吧。即使對她來說是隨手傳送的報告，但我光是如此就已經非常高興，根本一發不可收拾。

『那就好。回家路上小心。晚安。』

『好的。謝謝學長。晚安。』

接著傳來的揮手企鵝貼圖，顯示出她有多興奮，彷彿也吹跑了我所有在意的事情。

◇◇◇

週末結束後，來到星期二。文執在暑假前已剩下不多聚首的機會。而且其中一次，還是星期六的上學期活動慰勞會。換句話說，是一場聚會。不曉得我能不能和美園說上話。其實把人叫出來就另當別論了，只不過再這樣下去，我能直接邀她的機會，只剩下今天，或是星期五的全體會議後。

然而我別說毫無作為，就連該怎麼邀請都沒頭緒。不對，確切來說至少有想到用直球決勝負。

「美園，要不要一起去煙火大會？」如果這種程度可以，我當然也說得出口……先不管說不說得出口，反正腦子裡有這句話。可是就算我說了，如果她能用一句「不好意思」拒絕，那倒還好。不對，一點也不好，但相較之下算好的。

但我會不會逼得她明明想拒絕，卻拒絕不了呢？聯繫我和美園的學長、學妹關係總會掠過腦海。我在立場上會不會讓她勉強自己呢？是否讓她覺得一旦拒絕，往後相處會變得很尷尬？像這樣的想法總是重壓在我身上。

所以我正在思考一個「美園易於拒絕」同時又「拒絕不了」的說詞。但這個太需要臨機應變，令人頭痛。

我稍微提早抵達全體會議的場地，就在煩惱的時候，後面有人出聲叫我：「牧牧學長。」我一回頭，發現平常悠哉沒煩惱的雄一竟一臉嚴肅地看著我。

「可以請你教我分子生物學嗎？」

「你要準備考試喔？可以啊。」

分子生物學是生物系一年級其中一門必修科目，要是沒拿到學分，不管其他科目多優秀都無法畢業。就算今年被當，也可以明年以後重修。但這麼一來，可能會影響二年級的課程。

「謝謝學長。其實我請了三次假，所以要是不能以考試拿分，我就死了。」

「你根本沒退路了吧？」

「早八的課很想睡啊。而且星期四只上半天課，忍不住就想放假嘛。」

大學的課程分成上下學期，由共計十五堂課和一次考試組成。要是上課請假四次，就會被當掉。有些老師人很好，可以接受寫報告彌補，但基本上都不行。現在離暑假還有一個月，雄一便已無路可退，而且如果不利用考試拿高分，總分應該會很難看。

「我星期五的課會到下午第一節，用全體會議前的那段時間可以嗎？假如這樣還不夠，我再空出時間。」

「真的謝謝學長。」

「這點小事別在意。還有，你絕對不准再請假喔。」

「是！」

雄一舉起右手敬禮，如今他已經遺忘剛才嚴肅的表情，回答得很有朝氣。

在文執中根據部門不同，忙碌的時期也會不一樣。暑假前最忙的部門，毫無疑問是公關宣傳部。他們必須在下學期開始的十月初前，先做好要用來製作文化祭的ＬＯＧＯ設計、海報、導覽手冊等各種東西的素材。所以必須在上學期完成很多前置作業。

相較之下，我所屬的展演企畫部，是在下學期正式受理申請展演後才會開始忙碌。換言之，我們在上學期要做的事情很少，但也不是完全沒有要先決定好的事。

「那下次部門會議我想討論展演的負責項目，請各組向一年級解釋，然後協商。」

部長隆只說了這句精簡到不能再精簡的話，因此過來開小組會議的雄一，臉上頂著問號詢問：「什麼項目啊？」其實我們以前也有提過負責項目，不過只提到皮毛，一年級應該很難完全理解。

「美園，妳懂嗎？」

「呃……我記得是要決定各組經手的團體類型，但詳情就不知道了。不好意思。」

「在現在這個階段，懂這麼多已經很夠了。」

「嗯。那接下來就解釋一下吧。牧牧來說。」

我本來想吐槽，但美園早一步先看著我了，只好吞回去。

「麻煩學長了。」

「請學長指導。」

美園挺直腰桿的美麗姿勢就和平常一樣，但像這種時候，更能感受到她想認真聽人講解的心情，也讓我更有幹勁。雄一的腰桿也很明顯比平常挺得更直。

看到兩個學弟妹拿出筆記，我說了一聲：「那……」便開始解釋：

「就像美園剛才所說，所謂的負責項目就是決定各組負責的團體類型。比如說，如果有人表示想在第二舞台擺攤賣吃的，你們覺得可以嗎？」

「拜託，不行吧……不行對吧？」

「嗯，不行。負責項目就是判斷行不行的依據。以我剛才舉的例子來說，可以申請第二舞台的只有樂團，販賣食物的攤販只能去找攤販組申請。換句話說，負責項目就是決定各組可以負責什麼類型、不能負責什麼類型的標準。」

「啊——我好像懂了。」

雄一露出明瞭的表情，一旁的美園則是做完筆記後抬頭。

「然後關於各組負責項目的總覽，香那邊有一份清單。」

「來，就是這個。」

香對著包含自己在內的四個人，各發出兩張A4紙。美園看了不禁歪頭。

「資料好少喔。聽學長剛才那麼說，還以為會有更多資料。」

考慮到兩張紙上印有七個組別各自的負責項目，她會有這種想法很正常。

「因為要是加上細項，資料量會多到爆炸啊。委員會辦公室的電腦資料夾裡，姑且是有記載實際例子的文件啦，可是量實在太多，頂多只會在不知道該怎麼決定的時後，找出來看而已。」

「嗯。總之你們先大略看過這份清單上的內容吧。」

「好的。」

「好。」

他們兩人點頭遵從香的指示，將視線放在手上那份清單。不久後，我看了看香，發現她好像在打什麼歪主意，笑得不懷好意。正要問她想幹嘛時，兩個學弟妹幾乎同時看完文件並抬起頭。

「那我現在問你們。可以看清單回答沒關係。」

我瞬間明白她一定是想搬出壞心眼的問題。

「如果想在教室開咖啡廳，必須向哪個組別提出申請呢？」

「嗚哇……」

聽見這道比想像中更過分的問題，我忍不住發出聲音。美園卻偷偷看著我，不解地歪頭。我的心思差點被「好可愛」這個念頭占滿，雄一的聲音卻適時插進來。

「我很猶豫要不要選校舍內活動組，不過應該是攤販組吧。因為上面有寫，賣吃的東西都是攤販組負責。」

雄一指著清單上的文字，自信滿滿地說，但一旁美園的頭卻比剛才還歪。

「可是，教室不在擺攤的範圍內耶。」

我們把能擺攤的地點稱作「攤販街」，那是只規劃在室外的南北縱向道路，會把文化祭的重點——也就是第一舞台夾在中間。雄一接著看向清單上的示意圖，發出低吟。

「啊，真的耶。咦？不然是校舍內活動組嗎？」

「可是如果是校舍內活動組，又不能做吃的……」

雄一看到美園手指著的文字，換他歪頭不解。我覺得這道問題太壞心了，但香看著學弟妹討論的模樣倒是一臉滿足。我想自己大概也有和她相似的心情吧。

「好了，我可以聽聽你們的最終回答嗎？」

「答案應該是不能在教室內開咖啡廳。這樣對嗎？」

美園和雄一討論結束後，以不太有信心的眼神詢問。香也不賣關子，立刻笑著說：

「答對了！」然後有一瞬間，以滿意的眼神看向我。

美園鬆了一口氣，雄一則是顯得有些自豪。去年我還無從得知，原來身為學長的喜悅是如此強烈。

「那牧牧學長，星期五就麻煩你了喔。去委員會辦公室集合對吧？」

「對，你星期四絕對不准睡過頭喔。」

「知道啦。那我先走了，辛苦了。」

小組會議後，雄一再次提醒我教他功課的事後，便回去了。

「你跟雄一約好要做什麼嗎？」

「我要教他功課。」

香詢問完，「哦～」了一聲後，接受我的答案。大概是因為我們有個同系所的共通點吧。

「好了，美園，我們走吧。」

我拿書包站起，卻沒聽到美園說「好」的聲音，因此帶著不安看向她。只見她一臉訝異，那張可愛的臉蛋完全僵住不動，就這麼看著我。連坐在旁邊的香，都用比平常更驚訝的神情，瞪大眼睛看我。

「……妳們怎麼了？」

「呃……你真的是牧牧嗎？」

「不然有假的嗎？」

「因為……唉，算了。」

香傻眼地誘導我看向美園，只見美園正用手壓著自己的臉頰。該怎麼說呢？看起來就像是拚命壓抑著想傻笑的臉。我剛才說了什麼很好笑的事嗎？

「啊，不好意思。好，我們一起走吧。」

我本想提出疑問，卻被這抹笑容吹散了。

「香學姊，我先走了。晚安。」

美園和香打完招呼後，香以彷彿看著什麼欣慰事物的眼神，伸手摸了摸她的頭。好羨慕，拜託跟我交換。

「結果妳們剛才是怎樣？」

我在回家路上這麼詢問始終掛著笑臉的美園，結果她帶著那抹笑，微微垂落眉尾，發出可愛的低喃聲：「嗯～」從這副模樣來判斷，她們剛才的訝異，應該不是因為我做了什麼蠢事，我鬆了口氣。

「其實啊，牧村學長像這樣主動邀我回家，是第一次喔。」

「不不不，怎麼可能……」

就是有可能。見美園滿臉的笑容，我抱著不可能的心態回想，結果自己似乎真的未曾主動明確的邀約。重點是考慮到我的個性，這番話就顯得格外有說服力。

「所以我才會嚇一跳。」

美園呵呵笑道，並錯開我的視線。

「不過我很開心。」

她這句帶著有點羞怯的笑容補充的話，加速了我的心跳。如果要邀請她參加煙火大會，是不是只能趁現在？至少我邀她一起回家，她說很開心。

「那……」

一開口，美園的視線隨即回到我身上。她圓圓的大眼看著我。一想到這雙眼眸要是浮現遲疑的神色，我就說不出接著想說的話。

「……以後還可以邀妳嗎？」

「可以。那我就等著學長邀喔。」

美園笑瞇瞇地微微歪頭，髮絲於是隨之擺動。

我到底是有多沒用啊？以前被人這麼說，都不怎麼在意，自從察覺自己對美園的心意後，這件事卻清楚到連自己都生厭。

「就算是晚上，也開始有點熱了。有風就剛剛好呢。」

我順著夏夜吹來的風，模糊自己心中的想法，開口這麼說。

「畢竟就快七月了嘛。」

美園用手固定搖曳的髮絲，輕聲說道。她看起來顯得有些落寞。

「下一次就是執行委員會在暑假前最後的活動了。」

「是啊，還真捨不得。」

沒錯。就算不考慮煙火大會，往後和美園相處的時間會急遽減少。文執的活動會在盂蘭盆節之後重新開始，因此週末的聚會散會後，到盂蘭盆節結束前，我將見不到美園。當然了，我們或許會在校內碰頭，但也就這點程度的接觸。我跟她的同屆朋友不同，無法輕鬆向她攀談並約她出去玩。我說捨不得，是千真萬確的真心話。

「就是啊。好捨不得。」

所以才想邀她參加煙火大會。然而我分明有許多話，想對仰頭看著我的美園訴說，卻始終什麼都說不出口。

◇◇◇

「辛苦了。」

星期五。我提早在約好的時間前，來到委員會辦公室，結果目標人物已經認真攤開課本在用功了。

「啊，牧牧學長，辛苦了。今天麻煩你了。」

「好。那快開始吧。」

我坐在雄一前方的位子，然後轉頭調整姿勢準備教他。

「你最想從哪個地方開始？」

「嗯～這個嘛，從基因開始吧。」

「那不就是一開始嗎？」

「難得可以請教學長，想說從頭開始嘛。」

「看來今天一天講不完。我再規劃一套讀書進度吧。」

我嘆了一口氣，對抓著腦袋的雄一這麼說。反正在考試前，我算是很閒，若當成替自己複習，也不是什麼麻煩事。

「真的謝謝學長幫忙。我會好好報答的。」

「好好好。文執的工作和明年一整年都拜託你好好幹嘍。」

「除此之外的事也請包在我身上啦。」

雄一笑著拍胸脯保證，但我目前沒有其他需要交給他的事。

「咦？結構式全都要背下來嗎？」

「至少要背DNA、RNA和鹼基。又不是叫你把立體結構全背下，很簡單吧？」

「什麼……牧牧學長，難道你連立體結構都背得滾瓜爛熟嗎？」

「對啊。不過其實只要了解結構式和混成軌域，然後在需要的時候在腦子裡組合出來就好了，所以不用背也沒差啦。」

「學長以為有多少人辦得到這種事啊……總之我先努力記結構式吧。」

「是啦，光看核苷酸整體結構，的確會覺得很複雜。可是只要分成磷酸、核糖和鹼基，就沒那麼複雜了。多寫幾次就會記住啦。」

這堂課的老師和去年一樣，所以我將去年的小考和期末考題帶來，並以那些題目為基準，開始教雄一分子生物學。他的理解力不差，但就差在基礎知識的量不足。

「如果沒有知識，到頭來還是沒辦法應付考試。我會幫你濃縮要記的重點，剩下的就靠自己努力了。」

「好……」

我看了看手錶，自從開始念書已經過了一個小時。雄一感覺也累了。

「先休息一下吧。我去買飲料，喝黑咖啡好嗎？」

「好。謝謝學長。」

見雄一口氣都變了，我帶著苦笑前往共同G棟前的自動販賣機。買了自己的紅茶，還有雄一的咖啡。當我把東西從自動販賣機裡拿出來時，有人從旁出聲搭話。

「牧村學長，你好。」

「牧牧學長，辛苦啦。」

「噢，午安。妳們要去委員會辦公室嗎？」

這裡不是日間部會用來上課的地方，所以或許根本不必問這種問題，但我看美園和志保並不趕時間，就先拋出一個話題。

「對。下午第二堂課結束了，想在吃晚餐前先去那邊念書。」

「我是因為美園說要去，順便陪她去而已。」

「妳們平常很常來嗎？」

我也不是很常來，所以不知道她們造訪委員會辦公室的頻率。志保從家裡通學，或許空堂時很常來，但美園感覺並不常來。不過她們兩個人經常走在一起，說不定會陪志保來就是了。

「我空堂時偶爾會來。畢竟選修科目和朋友不一樣就不好約，所以很閒。」

「妳住在老家，也難怪啦。」

「美園平常倒是不會過來。就算我邀她，也都沒什麼興趣。可是她今天不知道怎麼了，說要過來，所以我才跟過來。真不知道怎麼了——」

「小志！」

原本在一旁笑瞇瞇的美園，一聽到志保反覆強調「不知道怎麼了」，於是急忙開口制止。志保一邊笑著道歉一邊安撫美園，美園隨即紅著臉，彆扭地說：「討厭。」見美園如此可愛，志保溫柔地撫摸她的頭。好羨慕。

「美園，妳怎麼會想過來？」

「這個……啊，今天不是上學期最後一次活動嗎？我想紀念一下。」

美園眼神遊移，最後像想到一個妥當的答案，雙手合十說道。雖然有滿滿的槽點，既然本人不想說，我也不能追究。儘管很好奇。我想在一旁奸笑的志保一定知道箇中理由吧。

「這樣啊。那妳們要喝什麼嗎？」

「謝謝學長。那我要紅茶。」

我指著自動販賣機提問，志保馬上豪爽地點單。美園則是顯得有些猶豫，不過當我投入硬幣，站在自動販賣機前催促後，她垂下眉尾，笑著選擇和志保一樣的紅茶。

「牧村學長，謝謝你。」

如果能因此看到這張笑臉，一百六十圓算便宜過頭了。

「總之我們先進去吧。雄一還在等我。」

她們一個人說「好」，另一個人則是「好好好」，只有第一個字重疊。我和她們一起回到委員會辦公室，這時雄一已復活，在筆記本上書寫結構式。看他出乎意料有幹勁，我就放心了。

「這個五角形還是六角形是什麼啊？」

「哦哇！搞什麼，是志保喔？」

「啊，對不起。」

雄一原本專心地書寫，志保卻突然從旁出聲嚇了他一跳，於是馬上道歉。而我沒理會他們，說聲：「辛苦了。」把咖啡拿給雄一。他道謝後收下咖啡，並舉手對剛才不在的兩個人打招呼。兩位女生也回應雄一的問候，然後美園坐在我旁邊，志保則是坐在美園後方。

「我們也在旁邊念書吧。好嗎？」
「好。我們會小心不打擾到你們。」
「不會打擾啦。對吧，雄一？」
「我反而會打……不，沒事。」
「嗯？算了。結構你再自己背，先進入轉錄吧。」
「了解。」
讀書會順利進行，不過進度如我所料，完全追不上考試範圍，所以約好下次的時間後，我們四個人一起吃晚餐，然後去參加全體會議。
全體會議之後，部門會議和小組會議也結束，我便和今天同樣心情很好的美園一起回家。順帶一提，我今天主動邀約，香還是嚇了一跳。美園倒是笑著回應我。
「好期待合宿喔。」
按照美園的個性，原本就覺得她會參加文執的合宿。但當我真正看到她那張如字面所述，非常期待的表情，知道她有明確的參加意願時，不禁在心裡擺出勝利姿勢。
「就是啊。對了，妳決定好暑假要什麼時候回家了嗎？」
「決定好了。我打算過完盂蘭盆節之後就回來這裡。學長呢？」

「我盂蘭盆節會待在這裡吧。打工排班有點狀況。」

「好辛苦喔。」

「也沒有啦。」

沒錯，辛苦的不是盂蘭盆節要打工，而是必須在盂蘭盆節排班的理由。但我到現在還沒邀她參加煙火大會。我認為今天就是最後期限。不過話就是說不出口。要是錯過這次機會，明天聚會之後要再見到美園，恐怕就是盂蘭盆節結束後的全體會議。

「那個……牧村學長。」

「嗯？」

當我腦子裡一直想著同一件事時，美園開口呼喚我。

「你還會跟雄一同學開讀書會對吧？」

「對啊。下次是星期四。」

「那麼……」

美園停下腳步。當我也跟著止步，她便正面對著我。

「可以請學長也跟我舉辦讀書會嗎？」

那雙認真的眼眸看起來水潤靈動。

「我很想說『很樂意』啦，可是我什麼都不能教妳吧？」

先不說我有沒有辦法教她，即使學系不同，至少如果是相同學院，我就會主動提出這件事。但我是理學院生物系，美園是人文學院社會系，我們主修科目根本不一樣。假如她沒有選修理工系的課程，我們的共同科目頂多只有英文吧。

「統計學會用到數學。但是不只這個原因，我覺得和學長一起念書比較能專心。所以──」

「好吧。跟別人一起念書或許真的比較能專心。」

我說出這種話，自己都覺得很厚臉皮。跟別人一起念書比較能專心──或許真的是這樣。但對象若是美園，就另當別論。我絕對會在意得無法專心。但這是求之不得的提議。我狡詐地想著，如此一來，邀她去煙火大會的期限就能延後了。不過相處的時間增加，卻讓我比什麼都開心。

「我才要麻煩妳關照了。」

「好的！」

美園的表情瞬間從緊張轉為笑臉。

「那要約什麼時候？七月之後文執就不會有活動了，所以我星期二和星期五大致上都有空。」

「如果學長不嫌麻煩，我想持續進行。比如每週五之類的。可以嗎？」

「完全沒問題。那就每個星期五好嗎?地點的話——」

「我家如何?我還會煮飯。」

美園戰戰兢兢地提議,那模樣可愛極了。能吃到她親手做的菜,確實非常有魅力,但我有個疑念。

「拜託做正常的餐點就好。跟妳平常一個人煮的時候一樣。」

我猜她應該是屬於要做飯給人吃,就會卯足幹勁的那種人。明明是想專心念書才找人去她家,要是因為下廚占用過多的時間,那就本末倒置了。

「可是機會難得,我想讓學長吃比較講究的餐點。」

「不行。」

我舉起雙手交叉表示否定,結果美園不服氣地鼓起腮幫子。那副模樣非常可愛,我耗費了很大的力氣,才壓抑住上揚的嘴角。

◇◇◇

宮島志保隸屬的文化祭執行委員會舉辦上學期慰勞會當天,她中午就來到好朋友的住處玩。對從家裡通學的志保來說,夜晚開始的活動很容易讓她不好拿捏出門的時間，有點小麻煩。因此好友君岡美園便邀請她來家裡。當美園提議：「要不要中午來我家？」志保二話不說就答應了。

而且約時間的時候，志保原本打算叫外送，所以說想吃披薩，結果美園卻說：「我沒做過幾次，不要太期待喔。」當天也真的烤了披薩來吃。

「我吃飽了。超好吃耶。」

「只是粗茶淡飯，不用客氣。幸好順利做出來了。」

志保咬下第一口時就說很好吃，不過聽到志保吃完之後依舊讚不絕口，美園這才放心地笑了。披薩就性質而言，無法在烤的時候試吃，所以美園有些抗拒一烤好就要給人吃。不過志保並未在意，半強迫美園切披薩給她吃，搶在美園前頭享用披薩，藉此表示信任美園的手藝。

剛烤好的披薩味道比外送或在餐廳吃到的還要清淡，更清爽無油。畢竟即將進入夏天，志保可以從這道料理感受到美園體貼她（還有她自己）的心意。而且清淡歸清淡，還是很好吃。

（女子力實在是高得嚇人耶。）

光憑姣好的外表和平常的行為舉止，美園無論在系上還是文執，都有壓倒性的異性緣。要是再有機會發揮這股女子力，加乘效果會有多驚人呢？

「對了。」

志保想到這裡，忽然想起有個學長嚐過這個加乘效果的滋味。

「妳煙火大會打算怎麼辦？」

怎麼辦——指的自然不是要怎麼前往會場。志保當然會和航一這個男友一同前往。他們打算約在車站，再一起走到會場。

志保去年也參加過這場煙火大會，美園今年是第一次參加——牧村八成也是。就算他們要在會場個別行動，到會場的這段路還是一起走比較好吧。志保抱著這個想法，之前曾提議和他們一起走。然而一搬出這話題的瞬間，美園就露骨地別開志保的視線。她們兩人的交情雖然還不滿三個月，志保卻知道她這個好朋友情急之下撒不了謊。

「妳該不會……還沒約他吧？」

志保把煙火大會的日期告訴美園是在六月初。和系上的朋友一起去買浴衣則是一週後的事。當時美園認真地挑選浴衣和髮簪，所以志保還以為她早就約好牧村了。

「嗯……」

看到美園尷尬地承認，志保忍不住嘆氣。

「只剩一個多月了喔。」

「因為……」

美園依舊錯開視線，尷尬地擺弄手指。

「因為要是約他去煙火大會，他不就會知道我喜歡他嗎？」

「啥？妳白痴嗎？」

「妳好過分！」

志保反射性說出真心話，她根本聽不懂美園在說什麼。

「妳就是喜歡他，讓他知道又有什麼關係？妳不是想跟他交往嗎？」

倒不如說穿幫了才能儘早交往。志保沒有證據判定牧村現階段對美園有什麼想法，但她可以肯定牧村對美園有好感。只要美園說：「我喜歡你，請跟我交往。」他們毫無疑問會交往。

「我是想和學長交往……可是更希望他能喜歡我啊。」

美園滿臉通紅，她依舊忸忸怩怩地擺弄著手指說道。

（是很有她的作風啦。）

志保差點目瞪口呆，不過她懂美園想表達的事。雙方兩情相悅，最後走到交往這一步——就某方面來說算是理想型態。但拘泥在這一點上，也讓她覺得簡直就是國中生。

換句話說，美園想要的並不是回報式的好感。原來如此——志保總算感覺到過去百思不得其解的疑問，現在有了解答。

「就是因為這樣，妳接觸他才會點到為止啊？」

美園點了點頭。她確實會積極靠近牧村，但給志保的印象，比較像是待在他身邊就很幸福。實在沒有要在感情上攻陷他的模樣。而且在志保看得見的範圍內，他們也沒有什麼肢體接觸。

「可是妳親手做菜給他吃，又去他家過夜，這反而比較看得出來妳喜歡人家吧？」

其實志保也姑且聽說了這件事的內幕。料理是牧村提議的，而且他也說過夜「沒什麼大不了」。因此這兩件事應該不會讓他察覺美園的心意，但志保想先捉弄一下美園。

美園也不斷搖著頭，所以算是大成功吧。

「總之妳想和他一起去煙火大會對吧？那妳知道他的行程嗎？」

「啊……我不知道。」

「那我先幫妳問問吧？」

「咦？怎麼問──」

「包在我身上啦。問的時候不會提到妳。」

或許是因為美園已經沒有餘力顧及牧村有沒有空了，當她發現這一點，不禁一臉不安。志保則是無視美園，直接傳訊息給牧村。

『我要跟阿航一起去煙火大會，回程會去學長打工的地方喔。分一點幸福給你。反正你一定要上班對吧？』

過了一會兒，牧村回覆了。美園雙手合十，做出宛如祈禱的動作。

『我那天休假。真是遺憾啊。』

看起來是誇耀自己獲勝的句子，殊不知根本已經著了志保的道。志保把手機螢幕拿給美園看，她立刻喜上眉梢。

「剩下的問題，就是他有沒有跟其他女生約了。」

儘管這是半開玩笑說出的話，美園的臉色卻瞬間沉了下來。

「說得也是。畢竟牧村學長那麼帥，人又好。別人怎麼會放過他嘛……」

關於這點，志保也不否認。自從他改變髮型，說他是個帥哥並沒有什麼問題，而且他對每個人都很好。只不過，美園對他的評價還是太高了。

「來。」

志保再度把手機遞到美園眼前。只見剛才的對話還有後續。

『不然學長要跟誰去煙火大會嗎？該不會是一個人去吧！』

『我沒安排任何行程啦！』

「太好了……」

看到那副彷彿在榜單上看到自己的准考證號碼後的放心模樣，志保還有點認真地思考，美園之後會不會擺出勝利姿勢。

「再來就只剩邀他了。」

「嗯！可是……」

志保咧嘴一笑說完，美園起初也氣勢十足地回應，但又馬上陷入沮喪。

「放心。妳若無其事邀他就好，他不會發現妳的心意啦。」

尤其他很遲鈍——志保在心中這麼補充。

「是這樣嗎？嗯……我會加油。」

志保看著美園，抱著替她加油的心情，再度傳訊息給牧村。

◇◇◇

星期六的傍晚六點開始，有以文執上學期慰勞會為名的聚會。我今天也沒有打工，所以趁早上做家事，諸如清掃家裡、曬棉被等，之後吃完午餐發現志保傳了訊息過來。她的訊息對於排假想和美園一起去煙火大會的我來說，是非常適時的挑釁。她該不會其實是超能力者吧？

我的窩囊樣自然也讓自己覺得有點火大，不過一會兒後，她最後傳來的訊息反而讓我心懷感激。

『我下午會在聚會開始前，把東西拿去放在阿航家，所以會繞過去。當然了，美園也在喔。』

『忘記說了，我會帶著美園中午做的披薩過去。請學長空著肚子喔。』

原本打算下午要念書、看書，但還是再打掃一次家裡吧。

我輪番檢視房間的時鐘、手機，還有電腦上的時間，確認現在是下午四點。志保說了下午，卻沒說確切的時間。就我自己的感覺，應該會是下午四點後的事，所以已經做好應門的準備。頭髮也抓好了。

考慮到步行去合宿館這個聚會會場的時間，假設我們要在五點半離開這裡，再考慮到吃東西的時間，應該差不多要來了。我抱著這個想法，低頭看書。但書本的內容根本進不了腦袋。想說過了十分鐘，於是看向時鐘，結果只經過兩分鐘，為此嚇了一跳。這種時候，時間的流逝速度真的很慢。當我煩惱該怎麼打發時間時，門鈴響了。

「來了！」

我把書本放回書架，急忙來到玄關開門，結果門外是志保。只有志保，旁邊、後面都沒有美園的身影。

「學長失望得這麼明顯，會害我很傷心耶。」

「啊，抱歉。」

「你這樣乖乖道歉，我覺得自己好像做了什麼罪大惡極的事。總之請學長把門再打開一點。」

志保無奈地這麼說，我於是照她所說，把門從一百度打開到一百五十度。結果美園就站在後面。我露出有些尷尬的笑容，但還是能清楚感覺到自己的心跳正在加速。

「牧村學長，你好。」

「美園，歡迎。」

「嗚哇，有夠露骨。我明明是第一次來，學長卻完全不歡迎我。」

「我有嗎？好啦，反正妳們先進來吧。」

當我看到她們的反應，便知道這是志保主導的惡作劇。我對一臉不滿的志保投以不信任的眼神，還是讓她們進屋了。

「好的。打擾了。」

「打擾啦～」

我關上玄關的門，帶她們兩人來到客廳，示意她們坐在矮桌前。那裡已經擺好四個坐墊，她們想坐哪裡都能坐。志保背對窗戶坐下，美園則是坐在志保右側，也就是床前的位置。

「這裡跟阿航那邊不太一樣耶。」

「因為我這間是邊間啊。」

「啊～」

志保恍然大悟般的環視房間，美園見狀呵呵笑道後，將視線挪到我身上。同時輕輕提起尺寸有點大，印著可愛圖案的紙袋。

「牧村學長，雖然還有點早，我可以替披薩加熱嗎？」

現在時間是下午四點十分，這個時間吃晚餐還早，不過考慮到聚會是從六點開始，就該趁現在先吃掉吧。而且我想早點吃到。

「麻煩妳了。」

「好的。那我借一下微波爐、烤箱還有盤子喔。」

美園笑著這麼說，迅速開始準備。

「總覺得她已經熟門熟路了。」

「就是說啊。」

今天不算是下廚，所以她沒有穿圍裙，也沒有綁頭髮，但還是讓我不禁妄想——簡直就像會定期造訪丈夫住處的通勤妻。

「感覺好像通勤妻喔。」

妳是超能力者嗎？

「妳這麼講，對美園很失禮耶。」

我把自己撇得一乾二淨，只責備志保。她卻聳聳肩，笑著說：「難說喔。」

「我先聲明，那塊披薩可不是我們中午吃剩的喔。是美園用預留的麵團和食材烤了一個新的。」

當我看著開心準備食物的美園，志保從旁替我解說。其實對我來說就算是吃剩的，都非常歡迎，可是她特地烤新的帶過來，更讓我感到開心。

「不過她居然有辦法自己烤披薩，實在是太厲害了。」

「她根本就是用女子力做成的啦。」

「就是啊。」

披薩加熱後，開始飄出香味。美園用微波爐熱過披薩後，再放入烤箱稍微烤過，接著拿到我面前。而且還附湯。從她剛才的模樣來判斷，應該是把湯裝在水壺裡帶來了。

「希望合學長的胃口。」

「絕對合啦。因為妳真的做得很好吃啊。」

見美園顯得有些不安，志保直接幫她掛保證。於我而言，也是完全不擔心這點。只想早點享用，然後告訴她：「很好吃。」

「那我這就吃……妳們的份呢？」

這時候我發現披薩只有自己的份。她們只有湯。

「因為我們午餐吃得有點晚。」

「討論之後，決定喝湯就好。」

「所以請學長不用在意我們，快吃吧。」

「既然這樣，我就不客氣了。我要開動了。」

我吃下一口披薩，並喝一口湯。從披薩拿在手裡的感覺也能知道油脂偏少，不過即使口味比外送披薩還要清淡，卻有一股強烈的風味，總之就是很好吃。至於湯，是以法式清湯為基底，口味清爽，還有著一股奇妙的韻味。

「都非常好吃喔。」

「太好了。」

「我就說嘛。」

美園鬆了一口氣，志保則是莫名自豪。又不是妳煮的。

享用完美味餐點後，美園堅持由她收拾，怎麼都講不聽。我便把她交給志保，自己收拾了。我不只洗盤子，也洗了美園帶來的保鮮盒和水壺，不過——

「美園，如果妳不會馬上用到這個水壺和保鮮盒，今天可以先放在我家嗎？反正帶來帶去也不方便。」

我從廚房探出頭，如此詢問在房間裡的美園。只見她笑著回答：

「好，那就恭敬不如從命。我再來找學長拿。」

「了解。只要先通知我，看是從大學順路回家還是什麼時候都能來。」

「好。謝謝學長。」

我順便從美園手上接過紙袋，將保鮮盒和水壺放進原本裝它們的紙袋中，並放在廚房角落。

「差不多該走了吧？」

「也對。」

「好。」

雖然比預定時間還早，但等到了會場，應該會有幾個人先到吧。

「今天也是抽籤決定座位嗎？」

「應該是吧。」

以我的經驗而言，過去每一場文執的聚會都是抽籤決定座位。當我如此回答發問的志保，一旁的美園顯得有些不安。

「放心啦。開始二十分鐘後，只要我過去找牧牧學長就好了嘛。對吧？」

「是啊。人牆就交給我來擔任吧。」

聽到我們這麼說，美園放心地瞇起眼睛，說聲：「那就麻煩學長了。」輕輕點頭致意。

「但我還是覺得一開始就坐在一起最好。」

美園有點遺憾地如此補充，然而我無法透露真心，附和她這句話，只能默默看著志保撫摸美園的頭。好羨慕。

「這學期還剩下期末考，不過上學期大家都辛苦了。暑假也有活動要進行，我們一起努力，創造一場美好的文化祭吧。乾杯！」

委員長仁帶頭舉杯，所有人跟進後，上學期慰勞會就這麼展開。

環視整個會場，發現大約有五個以上的十人小團體，因此能推斷約有半數執行委員都出席了活動。可惜的是，我和美園在不同的團體。她所在的團體男女比例各半，所以不至於活動才剛開始，就被人團團包圍而傷透腦筋。我也就放心了。

「嗨，阿牧。你有在喝嗎？不要東張西望啦。」

「活動才剛開始耶。」

阿實在乾杯的同時，就把第一杯酒喝光然後來纏著我。像這樣把身邊的人拖下水，接著慢慢擴大範圍，就是這傢伙的作風。多虧這種做法，沒有人逃得過他的包圍網。我常會想，要是他沒有喜歡大姊姊的癖好，應該會很受歡迎吧？

「辛苦了～」

「啊，阿實學長。辛苦了。」

阿實把手放在我的肩膀上，對著我身旁的一年級女生——印象中，她應該是公關部的人——攀談。

「這小子叫牧村，最近改變髮型，開始賣弄風騷了。」

看來他這次想利用我擴大交友圈。其中或許有體貼我不怎麼和一年級交流的用意，但我真心希望他考慮一下說法。雖然他說的內容其實不算有錯，也難以否定，實在很不甘心。

「牧牧學長，你在那間家庭餐廳打工對吧？」

「對啊。妳是之前來過的人啊？」

「對～但當時跟學長還不是很熟。」

「我的個性不搶眼，這也沒辦法啦。」

當我在阿實製造的小圈圈中聊天時，六月初和美園一起來我打工地點玩的女生過來搭話。其實當時的我也只知道她是文執的一年級生。還是別跟她說，我現在也沒知道多少好了。

「怪了，妳一開始就在這裡嗎？」

「才不是。我們那邊散了，所以才會到隔壁這邊來。」

「是喔～」

我問到這裡，若無其事看了看手錶，知道現在是晚上六點十七分。本來以為還要再一下子，原本的團體才會慢慢瓦解，然後開始跟其他團體融合。沒想到現在看看四周，團體都打散了。

我升起一股不祥的預感，於是往美園那裡看去，她的身邊已經圍著一大群人了。以規模來說，是會場中最大的團體。美園位在人群中心，雖然沒有表現得很明顯，在我眼裡看來，卻覺得她現在很困擾。明明想當她的擋人牆，但說來丟臉，現在的狀況卻和以前完全一樣。

我不打算說「去救她」這種大話，不過希望狀況可以恢復平靜。至少希望美園能好好享受這場聚會。

「我去打個電話。」

我拿出手機並知會阿實一聲，不等他回答就直接離席。往大廳走去的半路上，和美園四目相交。我舉起手機輕輕搖晃示意，她也微微點了頭，所以我直接打過去。

『你好，我是君岡。』

大概十秒後，一直想聽到的聲音透過手機傳來。雖是很符合美園風格的有禮口吻，卻感覺得出自己因為那可愛的聲線而雀躍不已。

「妳可以適當地回應，然後跟大家說妳出去講個電話嗎？我在樓梯間。」

『好。我知道了。』

我掛斷電話後，在原地等待。不出一會兒，美園出現在樓梯上方。

「牧村學長。」

「抱歉，把妳叫出來。」

「不會，我要謝謝學長。」

美園往下走到樓梯間，露出放鬆的微笑。我看著她，發現她的臉有點紅。

「妳該不會喝酒了吧？」

「……………喝了一點。」

「來下面休息吧。小心樓梯。」

「咦？」

我牽起美園的手，慢慢走完距離樓梯間只剩一半的階梯。儘管只喝了一點，她的酒量沒有很好。而且在我們小心前往一樓沙發的途中，我跟美園說了好幾次話，她只有含糊的反應，臉也是一片通紅。

「妳還好嗎？來，坐下吧。我去拿水。」

「啊……」

我扶她坐上沙發，接著放手後，美園頂著紅潤的臉龐，一臉不捨地看著我。

「放心吧。我馬上回來。」

「不好意思。」

「妳不用放在心上啦。」

見她愧疚地低頭，我盡可能開朗地這麼說。但她接著又道歉了。

「對不起……那是騙你的。」

「騙我？」

「我沒有喝酒。對不起。」

「可是妳的臉紅通通耶。不用顧慮我，沒關係喔。」

「不，我……臉紅是因為其他原因。應該是……」

我聽不太懂她想表達什麼，但她已經因為愧疚，整個人愈縮愈小。於是我坐在她的旁邊，衝著她笑。

「我是搞不太懂啦，不過如果妳真的沒有喝，那就好。」

「你不生氣嗎？」

「是有點擔心，但這又不是什麼值得生氣的事。」

而且現在回頭想想，我居然在情急之下握住美園的手。當然沒有什麼邪念，但完全是賺到了。一想起這件事，就會不禁開始傻笑，所以必須繃緊面容。

「可是──」

「可是我沒想到妳居然會說謊，太意外了。」

「咦？」

「因為妳每次想蒙混過關的時候，都會顯得很慌張。」

那副模樣也很可愛，令人會心一笑。一想起來就會自然而然笑出來。

「我如果下定決心要說，還是可以好好說出口啦。」

大概是因為我語帶嘲諷，美園聽了嘟嘴鬧彆扭，眼睛也死盯著這邊。

「這樣啊。我會記住的。」

我笑著這麼回答，結果美園說了聲「討厭」後，別開視線。當我抱著幸福的心情看她，突然發現一件事。

「也就是說，剛才那個謊話是妳決定要說才說的嘍？」

「啊。」

「為什麼？」

我們交情不長，但我知道她不是會故意騙人的女孩。說不定只是想開個小玩笑，而且這也代表對她來說，我是可以這麼對待的對象。擔心歸擔心，這樣的信賴還是令人開心。撇除我剛才抓著她的手這件事，依舊很開心。

「呃……一定要說嗎？」

「妳若不想說，不說也沒關係喔。雖然我剛才很擔心。」

「嗚……那好吧。」

我半開玩笑如此說道，美園只好死心開口。她說出的理由一定非常可愛吧。

「我想讓學長擔心一下。」

「我？」

這裡沒有其他人，所以她說的當然是我，但她還是點了點頭。

「因為……牧村學長說過會保護我。」

我覺得自己應該沒這麼說過。心情上是這樣沒錯啦。

「可是你卻一直跟別的女生聊天，我才會……」

嘟著嘴的美園很可愛，但同時也對她產生愧疚。被人那樣團團包圍，自然無法靠自己逃脫，想必很不安吧。看到我這個放話說要當人牆的人完全派不上用場，她會做出這種可愛的反擊也很正常。

「結果卻讓學長擔心了，真的很不好意思。」

「好了啦，妳不用放在心上。」

美園再度把自己縮小。一開始分明只是小小的惡作劇心態，是我不該過分擔心。

「別說那個了，我才該道歉。接下來會好好當人牆的。」

「可以嗎？」

美園畏畏縮縮地詢問，不過我本來就是這麼打算。雖然這樣感覺很像看準她不安，趁虛而入，但重要的是我想待在她身邊。

「當然可以。」

「那就麻煩學長了喔。」

即使消沉失落，美園依舊很可愛。不過還是像這樣掛著笑臉最好。

「請學長今天一直待在我身邊。」

「樂意之至。」

我說完，美國便帶著宛如花朵綻放般的笑容道謝。那是一抹很有美園風格、帶著楚楚可憐魅力的動人笑容。明明覺得她帶著笑容比較好，卻又覺得這對心臟不好。

「那差不多該回去了吧？」

我遮掩自己興奮的心，指著樓梯上方。儘管捨不得結束兩人獨處的時光，也不能獨自霸占她的時間。

「我想繼續在這裡待一下，不行嗎？」

我原本就想和她在一起，也真的想這麼做，而且她由下往上央求的視線，還是一樣威力驚人。可是——

「難得來參加活動，妳等一下只要直接加入女生的圈子，就不會有事了吧？」

我想她一定是害怕回去之後，又會被團團包圍。可是難得來參加聚會，希望美園也能好好享受。

「或許是這樣沒錯啦……」

美園一臉不安——應該是不滿地鼓起腮幫子。其實我也只是壓抑自己的慾望，戴著學長的面具罷了。所以看到這副表情，我也只能把假面具摘下來。

「好啦。就繼續待在這裡一下。」

「好。謝謝學長。」

當我放下才要提起的腰臀，美園頓時喜形於色。

「不過要是不想些對策，也沒辦法混進女生的圈子耶。」

「這點不要緊喔。」

我說這句話原本是想體貼她，沒想到她滿不在乎地這麼說。我感到很意外，始終盯著美園看，她這才有些害羞地往下說：

「多虧香學姊和小志，常常有人邀我參加姊妹會。」

「是喔。」

看來她的交友圈已經比我廣了。

「另外，若葉學姊也常照顧我。」

「若葉嗎？」

若葉確實很會照顧人，但總覺得她會挑人照顧。

「因為若葉學姊是我系上的學姊。」

「經妳這麼一說，她好像也是人文學院社會系的嘛。」

「對。不過我們專攻的路線不一樣。」

「人社還有分專攻喔？」

「是的。我主攻心理學，若葉學姊是社會學，小志則是人類學。」

「哦，心理學啊。」

聽到心理學，我首先想到一名少女。

「我以為心理學是教育學院的耶。」

「他們學的是教育心理學。對不清楚的人來說社會系這個系所應該很難理解吧。」

美園邊說邊苦笑。我看著她，心裡不禁浮現一個想法：說不定那個人和美園同系。她說過想考這間大學，不知道有沒有考上？現在過得開不開心？

「美園，你們系……算了，沒事啦。」

我本想問問看，但重新想想，問了又能怎樣？我們連彼此的姓名都不知道，只能算是我的自我滿足。

「怎麼了嗎？」

美園不解地問，我回答「沒事」後，她便可愛地歪著頭。我的心頭瞬間占滿想摸她頭的衝動，但還是拚命壓抑下來。

「話說回來，對照的手法也好，愈聽愈覺得是數理科耶。」

「就是說啊。我們是文科的學院，所以大家都覺得統計要用的數學很頭痛。我自己也是啦。」

後來我們熱烈討論自己系上學習的內容。美園不太說專門用語，淺顯易懂地談論她的主修科目。畢竟還是一年級上學期，課程仍以概論為主。不過她對往後要學習的事物很有想法，對我這個門外漢來說，也是很感興趣的內容。

話題告一個段落後，我看看手錶。現在聚會時間差不多只剩下一半了，深深感受到快樂的時間總是過得特別快。

「就快七點了啊。」

「已經這麼晚了嗎？」

美園大概已經料想到我接下來要說什麼，不禁皺起眉頭。我自己也是很不捨，但實在不好意思在剩下的一個半小時裡，繼續獨占她。

「反正已經離開三十分鐘以上，剛才的小團體一定也散了。」

「我不是說這個……」

「嗯？」

美園小聲呢喃，當我正想詢問她說的話是什麼意思時，樓梯那邊有聲音傳來。

「美園～」

「君岡同學～」

有兩道男人的聲音。大概是看美園遲遲沒回去，所以出來找她吧。

我們坐的沙發位於一樓廚房區域的深處，如果是下樓要前往廁所，正好是死角。但既然他們是來找人，那就另當別論。

在我身旁的美園已經一臉困擾。就算沒被帶走，也會被迫答應回去吧。如果來找她的人當中有二年級的學生，就算她想拒絕應該也很難。

「要裝睡嗎？」

如果她睡著了，那些人也不會硬把她叫醒吧。既然是為了縮短和她的距離才來的，想必不會做出討人厭的舉動。

「我會隨便應付他們啦。」

「可是——」

「啊～原來妳不會裝睡啊？」

「才沒那回事。我會好嗎？」

我笑著捉弄美園，她也不滿地鬧脾氣。像這樣意外孩子氣的一面，也可愛得讓人受不了。

「那我要睡了。」

美園說完，閉上眼睛，直接把頭靠在我的左肩上。

「啊……喂，等一下……」

感覺得到我的心跳因為一股淡淡的髮香一口氣加速。美園的耳朵靠在我的左肩上，不禁擔心她是否會聽見我的心跳聲。

「這是為求逼真。麻煩學長好好幫我應付嘍。」

她睜開一隻眼睛，露出惡作劇似的笑容，用態度表明這是回敬給我的。本以為捉到她了，結果卻反過來被玩弄在掌心。

說著說著，出聲尋找美園的人發現了這裡，慢慢走過來。其中一人是之前留意過美園動向的一年級生——問我美園會不會參加聚會的那小子——記得他姓島田。我認為已經跟他交談過幾次，要是不知道怎麼稱呼也不好，所以問了雄一。

另一個人身材高挑，有著端正的五官，是個令人印象深刻的一年級生。我沒和他說過話，也沒直接問過名字，不過常聽女孩子們提起他，應該是姓長瀨。儘管他和康太都是帥哥，卻跟會說甜言蜜語的康太有著不同的氣質，給人一種沉著、敏銳的感覺。

「啊，君岡同學！」

島田發現美園，發出稍大的音量，因此我立刻伸出食指放在嘴前做出安靜的手勢，他這才急忙遮住自己的嘴。但美園其實沒睡著，所以完全沒有這個必要就是了。

「她睡著了嗎？」

長瀨小聲詢問。他們來接美園，她卻睡著了——而且還靠在我的肩上——因此他看起來有些遺憾。不過跟一旁毫不掩飾心中遺憾的島田相比，感覺他已經習慣應付這種場面了。

「對啊。好像喝了一點酒，我過來這裡的時候，她就在點頭打瞌睡了。」

我完全是睜眼說瞎話，但這樣最省事。

「等她醒來，我會帶她上去啦。」

所以現在別管我們——我釋出這樣的言外之意。

「要換我們來照顧她嗎？」

「學長想嘛，我們和她一樣都是一年級啊。」

長瀨機靈地詢問，卻因為島田隨後說出的這句話太過處心積慮，結果全毀。

「這種差事就交給做學長的啦。而且美園是跟我同組的學妹啊。」

我強調自己是學長，就包在學長身上。這對學弟妹來說，是很卑鄙的手段，但我就是不惜如此，也不想讓出這個地方。

「而且她這樣，也很難換人吧？」

我一邊苦笑，一邊指著美園靠在我肩上的頭。如此一來，他們就會覺得要是我在這個狀態下走掉，說不定會吵醒美園。這時我才隱隱佩服，原來她把頭靠在我的肩上，不單單是想回敬，還有這層意義。

「可是——」

「彰，好了啦。就交給學長，我們回去吧。」

長瀨用手制止還想繼續糾纏的島田，然後看向我。

「那麼牧村學長，美園就麻煩你照顧了。」

「好，交給我吧。」

他們接著對我點頭致意，然後回到二樓。島田頻頻回頭看我們，長瀨倒是連離去都很瀟灑。他應該小我一歲，不過總覺得他的行為舉止很從容。

當我再也看不見他們的背影，轉過頭想對美園說「他們都走了」時，她的睡臉——雖然是假的——頓時映入眼簾。因為她的頭就靠在我的左肩上，我的脖子一定負擔很大吧，但眼睛就是離不開這張臉。

我早就知道她的樣貌就像超高級品的人偶那樣標緻，不過是第一次這麼近距離看她閉著眼睛。我知道刻劃出那雙大眼的睫毛很長，但現在才知道居然那麼長，而且如此美豔。此外靠在肩上的舒適重量，與那股重新抓住感官的清甜香氣加乘，讓我的心跳速度來到最高點。我是很想再多看兩眼，可是再繼續看下去，感覺對心臟和脖子都是考驗。然而這對美園來說，似乎也是考驗。

「既然會害羞，一開始就別這樣啊。」

平常白皙清透的肌膚，現在染上一點紅暈。對打發那兩個人來說，這倒是一個絕佳的偽裝，能當成喝酒的影響。

「這很重要。」

美園睜開眼睛，頂著紅潤的臉，一臉害羞地嘟起嘴巴。

「的確是啦。因為臉紅，我才方便找藉口。」

「我不是說這個。」

美園依舊把頭靠在我的肩上，小聲嘟噥。

來找美園的兩個人回去後，過了二十分鐘左右，我一直刻意不提及他們。自己也很不想面對晚輩還這麼幼稚。

『我跟阿實學長聊過，決定要在牧牧學長家續攤了。』

這時候我的手機發出震動，於是拿出來確認，發現是志保傳的訊息。

『你們有獲得本人的同意嗎？』

我今天打掃得很澈底，所以要續攤是沒差，但我可沒聽說這回事。

『請包在我身上。』

什麼叫包在妳身上啊——就在我要輸入這句話的時候……

「啊，不好意思。我有電話……喂，小志？」

美園知會我後，接起電話。來電的人好像是志保，只見美園點頭「嗯嗯」地回應，接著大叫一聲：「咦！」然後又開心地說：「嗯，我也要去。」最後說：「那我們晚點見喔。」就這麼掛斷電話。

「原來要去牧村學長家續攤啊。好期待。」

美園以耀眼的笑容看著我。

『有獲得本人的同意嗎？』

『有啊。』

看到那令人厭煩的兔子貼圖，我只能這麼回覆。

「我想聽聽去年的事。」

來到我家續攤的人，包括我總共有八個人。二年級男生有阿實、渡久、隆與我，總共四個人。一年級女生包括美園和志保，也有四個人。我們續攤說開始就開始，現在已經過了好一段時間，一年級生央求我們說說去年的事。

「我想想喔～」

阿實起頭後開始述說，再由我們其他二年級生逐一補充。基本上是沒什麼亮點的回憶談，不時穿插不在這裡的人的糗事。隨著文化祭逼近，不少人會因為忙碌、疲勞與睡眠不足，言行舉止開始出問題。不過再怎麼誇張，旁人都會在真正發生重大問題前，叫他休息，所以基本上都止步於笑得出來的糗事。

「那聚在這裡的人沒有什麼好笑的趣事嗎？」

一年級生沒多想，隨口問了這麼一句，結果我以外的二年級生都錯開視線。阿實很自然，渡久和隆卻露骨地別開視線。

「看來是有吧？」

眼尖的志保做出反應。

話雖如此，二年級生卻含糊其詞。畢竟大家都彼此掌握對方的祕密，一旦隨隨便便說出別人的祕密，自己也會跟著遭殃。

「牧村學長也有嗎？」

坐在我身邊的美園興致勃勃地問道，但我並沒有這方面的糗事。

「我跟這幫傢伙不一樣，沒有喔。」

「這樣啊。」

美園的表情很複雜，既覺得遺憾，又鬆了一口氣。

「學長們，牧牧學長這麼說耶。他就沒有什麼丟臉的事嗎？」

「可是我又不知道牧牧的糗事。」

「就是啊。」

相較於志保想看好戲，隆和渡久的反應很無趣。但我真的沒有糗事，這也沒辦法。

「不然最累的文化祭當天，也沒發生什麼事嗎？真的？」

「妳幹嘛死纏著不放啦？我當天沒在崗位上的時候，也一直在巡邏，所以更沒有什麼丟臉的糗事啦。」

我說完看向志保，發現她不知道為什麼，以莫名憐憫的眼神看著我。其他兩個一年級生也和她一樣，只有美園並未如此。

「快停。不要用『這傢伙沒朋友』的眼神看我。」

我那個時候還是有朋友。純粹是時間對不上而已。明明沒有什麼丟臉的糗事，不知道為什麼，現在卻成了最糗的人。

「啊～對了，你好像有送吃的東西給第一舞台的人嘛。」

阿實大概是看不下去，隨著一句「我想起來了」，接著說出我也記得很清楚的事。掩護得好啊。

「那是最後一天的事吧？」

「對啊。」

我帶著那個女生到理學院B棟的屋頂前，想說拿著在攤販買的東西很麻煩，就推給阿實了。

「我還記得你吃可麗餅的時候，一副嫌它難吃的表情。而且第一舞台的人剛好肚子餓，你幫了大忙。」

「原來牧村學長吃了那個可麗餅啊。」

一旁的美園小聲說道，但並不是要說給誰聽的。她知道我不喜歡吃太甜的東西。所以大概很意外我會把全是奶油的可麗餅吃下肚吧。

「還好啦。發生了很多事。」

畢竟不能把那個女生吃剩的東西送人，也很猶豫把擺攤的人好不容易做出來的東西丟掉，所以就吃掉了。我還記得那玩意兒甜到難以置信。不想讓人以為因為是女生吃剩的，我才吃下自己不喜歡的食物，因此避而不談。我含糊其詞並看向美園，只見她低著頭，滿臉通紅。

「妳還好嗎？」

她沒有回答。只是低著頭，頂著紅潤的臉發呆。為了不讓她錯喝到酒，我和志保都把自己的杯子放得很遠，所以她應該不是喝醉。

「美園，沒事吧？」

坐在另一邊的志保也覺得美園怪怪的，搖了搖她的肩膀。

「呀！」

「啊，抱歉。」

美園驚嚇的程度堪稱逗趣，大大地抖動並且大叫。想當然耳，吸引了室內所有人的注意力。

「啊。那個……沒事。不好意思，我稍微發呆了一下。」

「還好嗎？妳的臉很紅，是不是感冒啦？」

美園的臉還是很紅，她急忙搖頭否認，其他人還是擔憂地看著她。

「沒有，我真的沒事。臉有點熱，我去吹個風。」

美園一鼓作氣說完這句話，就這麼前往陽台。落地窗被打開片刻，有些溫熱的風就這麼吹進冷氣房內。

「她沒事吧？」

「應該沒事喔。我從中午就跟她在一起，她一直很正常，而且要是感冒，她就不會來了。請學長先不要管吧。」

「的確是這樣。」

要是可能傳染給別人，她確實不會來參加聚會。我是有點擔心，不過志保好像已經有了頭緒，我便照著她的話做。

正如志保所說，是我過度擔心，幾分鐘後美園就恢復正常回來了。「不好意思，讓你們擔心了。」如此說道的她，和平常沒什麼兩樣，我也就放心了。

話雖如此，這時候已經晚上十一點，我們事先買回來吃的東西已經快要吃光，所以沒過多久就決定解散。

「身體還好嗎？」

「還好。讓學長擔心了，不過我完全沒事喔。」

我像平常一樣送美園回家。雖然接受志保說的話，卻又不想要事情有個萬一，就在路途中開口詢問，美園也開朗地回答：

「下個星期還有讀書會，所以我把身體狀況管理得很好。」

「那就好。」

美園在胸前做了一個小小的打氣動作。看到她這樣，我在放心之中，臉頰也自然而然放鬆。

「時間從晚上六點開始可以吧？」

「可以。我會做晚餐，吃完之後就開始念書吧。」

「務必拜託妳煮普通的餐點喔。」

「畢竟是我要跟學長請教數學，就當作預付的謝禮嘛。」

「要是妳做得太豪華，我以後會不好意思去，所以適可而止就好喔。」

「這可傷腦筋了。」

美園笑得完全不見一絲困擾，但這對我來說是很認真的問題。一週能舉行一次讀書會，而且還能吃到她親手做的菜，這已經是出乎意料的機會，所以我不求更多。也不能造成她的負擔，削減到念書的時間。

「學長不用這麼擔心啦，我會乖乖做普通的料理招待你的。」

我的心思寫在臉上了嗎？美園帶著苦笑看我，鬧彆扭地說：「這麼不相信我。」我笑著回嘴：「就是因為相信妳，才這麼說啦。」結果美園開心地笑道：「什麼啦？」

第二章

「我吃飽了。」

「粗茶淡飯，不用客氣。」

我引領期盼的星期五到來，在開始念書前，美園首先招待我吃親手做的菜。畢竟已經再三提醒那麼多次，她給我吃的應該是很普通的料理吧。但味道就很難說普通了。

菜色是白飯、正統的豆腐海帶味噌湯、炸雞塊和高麗菜絲，還有醃茄子。不管吃哪一道，我都只說得出「好吃」兩個字，不過我用次數彌補了不足的部分。希望不會讓她覺得沒誠意。

「我這就收拾，請學長慢慢休息。」

「我來幫忙吧。由不得妳說不要。」

我阻止就要收拾餐具的美園，把自己的份拿去流理台。美園見狀，稍微垂下眉尾開心地笑道：

「好，那就麻煩學長了。」

「好。」

美園租的房子是一房一廳附廚房，跟我那間套房附廚房不一樣，餐廳不只有吃飯用的餐桌，廚房本身也很大。有兩口ＩＨ爐，無論是料理空間還是流理台，都至少比我那邊大一倍，所以就算我來幫忙，也不會礙到她。現在仔細想想，我家那麼小，瓦斯爐也只有一口，美園居然有辦法在那邊做出那些料理。再次覺得很佩服。

我接過美園洗好的盤子和鍋子，沖水後擦乾。這時候一旁傳來哼歌的聲音。美園看起來很開心，應該是無意識哼的吧。我很肯定一旦點出她在哼歌，她就會停止，所以盡可能繃緊笑傻的臉頰，沉浸在這段幸福的時光中。

用完餐後，我們休息片刻，隨即從餐廳轉移陣地到客廳的桌子前，開始讀書會這個原本的目的。

「妳要先從數學開始嗎？」

「可以嗎？」

美園之前曾說想向我請教數學，所以我今天就是做好這個準備才來的。姑且有把自己的課本帶來，不過如果這是她不拿手的科目，還是早點克服比較好。

「那學長不用念自己的書嗎？」

「離考試還有三週，沒什麼問題。而且要是不教妳，我也無法還一頓飯的恩情。」

雖然我半開玩笑這麼說，其實把教書當成那頓佳餚的回禮，還覺得不夠。

「那就恭敬不如從命。」

美園羞澀地笑道，接著把印有《統計用數學》這個標題的課本和筆記本從書桌拿過來，然後坐在我右邊的位子，而不是剛才一直坐的對面。她就這樣把課本打開。

「嗯？」

「如果要請教學長，我想坐在這裡比較方便。而且我是右撇子，如果坐在另一邊，手就會擋到。」

「是這樣沒錯。」

我不需要翻開自己的課本，所以不會妨礙到彼此。而且與其坐在對面，這樣還比較方便閱覽內容。

「可以請學長先教我微分和積分嗎？」

「了解。你們考大學之前，應該有學過微積分吧？」

「有。但我不是很擅長。」

聽到美園尷尬地這麼說，我鬆了口氣。因為既然她都說不太擅長，就代表並不是完全不懂。

「先從基本開始複習吧。我不太懂統計，所以如果說了什麼不必要的東西，就拜託妳告訴我了。」

「沒關係。難得學長要教，我什麼都想學。」

「了解。那先從微分開始——」

美園剛才說不太擅長微積分，但至少在數乙範圍的初階微分，身為文科生的她已經理解得非常透徹。明明在數理學院中，根據主修科目不同，還是有人不擅長數學。

「嗯～」

我想美園平常都在書桌前念書，現在用不習慣的矮桌念書，肩膀已經開始僵硬，所以她伸長手臂，稍微往後仰伸展。

「啊，對不起。」

「沒關係。妳不用在意。」

該道歉的人反而是我。她的身體曲線在伸展之下顯得更加明顯，我的視線因此被吸引過去。明知這樣不好，依舊無法移開視線。

「啊，不然來寫題目當成複習吧？我借一下電腦，隨便選一些題目給妳。」

「好。電腦已經開機，學長請自便。啊，我要先輸入密碼。」

為了掩蓋不良的居心，我轉向她的書桌，結果卻看見繽紛的色彩。

「這是……」

下一秒才發現，那些顏色是我一直想邀美園一起去的煙火大會網站的列印文件。

「啊。」

美園比我晚一步來到書桌，也注意到我的視線正看著什麼。

「妳要去煙火大會嗎？」

我的心裡相當絕望。畢竟她把首頁、會場周邊的地圖，還有轉乘資訊都印出來了，不用問也知道。現在已經七月，即使決定要去月底舉辦的煙火大會，那也不奇怪。如果是她，一定很多人搶著約吧。我剛才是什麼樣的表情和聲音呢？我覺得自己裝得很平靜，但真的有裝好嗎？

「這個……我是想去啦……」

感覺到美園的聲音中參雜著一絲猶豫，於是緩緩回過頭。只見她將手放在胸前，雙手合十，尷尬地別開視線。

「妳的行程還是空的嗎？感覺會有很多人約耶。」

我說出這句話後，才開始反省話中帶刺，但已經太遲了。

「沒有，怎麼會呢？這附近好像有些地方也看得見煙火，所以我們一年級是有在討論要不要約出來……但我……」
美園完全不管我的反省，看她並未特別介意，我鬆了口氣。但馬上因為她接著說出的話語，心跳突然加快。
「我說想去會場看煙火，拒絕他們了。再加上朋友也都有約，所以現在行程還沒有安排。」
明確地如此說道的美園正對著我。我也正面看著她。只能趁這次機會了。
「那──」
「所以──」
美園好像也想說些什麼，我們兩人在最糟的時間點異口同聲。一旦變成這樣，就會很難再開口。當我和瞪大眼睛的她面面相覷時，她溫柔地瞇起眼睛，呵呵笑道：
「緊張都跑掉了。」
她說完，端正原本就很美麗的儀態，那張可愛的臉蛋也在同一時間多了點認真。
「牧村學長，我們要不要一起去煙火大會？」
「…………好啊。」
能清楚感覺到我的喉嚨輕輕發出震動。本來以為自己的聲音在抖動，結果並沒有。
「妳若不嫌棄的話，我很樂意。謝謝妳邀我。」

因為眼前學妹喜形於色的笑容，已經把我的緊張都趕跑了。

「不客氣，我才要謝謝學長答應。」

「當天我會穿浴衣去。」

說實話，我超想看。可是穿浴衣行動多少會不方便，而且如果她要花錢買，那又是一筆額外開銷。不希望她太勉強自己。當我要開口時，突然想到一件理所當然的事——人家穿浴衣又不是為了我。她都說想去會場看煙火了，所以配合煙火穿浴衣是再自然不過的事。

我修正樂昏頭又自以為是的思緒，只對著看起來很期待的美園說：「我很期待。」

而她也開心地笑說：「包在我身上。」

「美園，妳在老家有去過煙火大會嗎？」

「這個嘛，小時候好像去過，但長大之後就沒有了。」

她說得這麼不肯定，難道沒有關於煙火大會的回憶嗎？

「而且我不怎麼喜歡人多的地方。」

「那妳還要去嗎？這邊的煙火大也會很擠喔。」

看到美園面露苦笑，我想起一條煙火大會的情報：觀眾超過五十萬人。

「沒問題。因為今年很特別。」

美園一改剛才的態度，自信滿滿地說道。當我問為什麼，她也只是露出可愛的微笑說：「是祕密。」

應該沒多少人喜歡擁擠的地方，我也是其中一個討厭的人。但我想唯有這場煙火大會，自己一定不會在意那些。

結果我們後來一起看著煙火大會的網頁，討論當天要怎麼約、不知道會放什麼樣的煙火、天氣是否會放晴這類沒什麼重點的話，早已完全忘記當初來她家是為了念書。不曉得美園是不是也一樣，但我自私地希望她也如此。

「結果根本沒念多少書耶。」

「就是呀……」

我們是以讀書會為名，才會聚在美園家，因此現在氣氛有點尷尬。但這對我來說反而是一個機會。

「如果可以，能再找個時間補償今天的進度嗎？我數學也才教到一半。」

「可以嗎？」

美園客氣地看我的臉色，她的臉上沒有拒絕的神色。

「如果可以的話，下次去我家吧。我做飯給妳吃。雖然比不上妳的手藝，我還是會做些能吃的東──」

「我去！要約什麼時候呢？」

我的手藝跟美園相比，根本不只天與地的差別，但我並非不擅長下廚。雖然做不出太講究的料理，假如是晚餐家常菜，應該能端出像樣的東西。重要的是，這是我的提議，所以不能勞煩到美園。

美園這麼積極地答應，倒是有些意外，不過這麼一來，下週就能和她見面兩次。

「那我就期待學長的手藝嘍。」

看到那張滿面的笑容，我說：「妳可別太期待喔。」結果她卻用充滿期待的笑容回答：「不可能。」

◇◇◇

「牧村同學，你煙火那天空下來了嗎？」

隔天我一去打工，領班帶著笑容這麼問。

「為什麼要以我被甩為前提啊？排定行程了啦。」

「騙人……」

她往後退了一步，訝異得幾乎要脫口說出：「難以置信。」

「難以置信……」

說出來了。

「按照你的個性，本來以為很有可能會是雖然想約人卻遲遲不敢開口，結果對方先排定了行程，或是想著想著，煙火大會那天就到了。」

「啊～的確有可能。」

我打從心底這麼想。就連昨天，如果最後美園沒有先主動開口邀請，我可能也開不了口。無論如何就結果而言，我們都會一起去煙火大會，但不是由自己主動邀約，還是讓我覺得自己很沒用。

「你沮喪個什麼勁啊？難道你所謂的行程，是被人甩了之後，要和一群男人喝悶酒嗎？如果是這樣，來打工還比較有意義喔。」

「我會去煙火大會啦。請妳不要拚命想把我拉來上班。」

「什麼嘛～」

領班真心一臉不滿。

「現在你交到女朋友了，以後排班會很辛苦耶。有男女朋友的員工排的班表都很麻煩，而且一有節慶就會排假。」

「對方不是我的女朋友。」

「咦！你們明明要一起去看煙火耶。」

「對啊。」

領班一臉意外，卻又笑得有些不懷好意地提問，我也回答得很乾脆。畢竟現在心慌也只會被她拿來當笑柄。

「年輕人有很多苦衷啦。」

「我也還年輕好嗎！」

她用力拍打我的背，害我嗆到咳出來，她卻只是「哼！」了一聲。

「反正人家願意跟你一起去看煙火，應該有戲吧？要是變成女朋友了，記得帶來給大家看喔。」

領班說完，揮著手回到辦公室去。

「有戲啊……」

我最後又咳了一聲，然後獨自低喃。

用喜歡和討厭來說，我覺得美園會把我歸類在喜歡的那邊，但那並不是情愫。

如果從我們第一次說話的迎新會開始思考，我和她的距離可說拉近了不少。即使如此，我認為就本質來說，她對我的態度和當時並沒有多大的變化。雖然不可能會有這種事，但只要她不是對我一見鍾情，那她對我的好感就只是身為學妹的感情。

領班說「要是變成女朋友」。我也希望美園能成為我的女朋友。但即使現在的我對她表達好感，也只會讓她為難，不會獲得好結果。

有一句經典台詞是「不想破壞現在的關係」，如果是現在，我非常感同身受。和美園相處的時光非常幸福。倘若我們的關係能更進一步，一定會更加幸福。但要是失敗，結果會如何呢？我們能像從前那樣，做回學長與學妹的關係嗎？肯定不行。就算有人說我這樣很窩囊，還是怕得不得了。

我很清楚記得美園以前說過：「我並不是想要男朋友，而是想跟喜歡的人交往。」所以一思考到該怎麼博得美園的芳心，我也只能得到這個結論：「希望獲得更多一起相處的時間。」一起相處的時間無比惹人憐愛——即使明知那對我來說，是一種甜美的逃避誘惑。

◇◇◇

星期三傍晚，我再三打掃過後，才讓美園踏進家門。

她有些緊張地說出「打擾了」，而我則是假裝冷靜，其實心裡緊張到不行地說「歡迎」來迎接她。

「好香喔。我好期待。」

「拜託妳別太嚴格。」

我帶著苦笑回答，這毫無疑問是真心話。

今天打算端出的料理，是白飯、正統白蘿蔔味噌湯、馬鈴薯燉肉，還有一樣是用馬鈴薯做成的沙拉，總共四道菜。昨天我請朋友幫忙試吃過，他的反應還不錯。但不知道口味比較嚴格的美園會有什麼反應，實在很不安。

「總之妳先坐著等吧。」

「好。謝謝學長。」

美園坐在矮桌旁，靠床舖的那側，我則是端茶給她，然後才回到廚房盛菜。

「久等了。」

我把料理盛裝在碟子裡，放到美園面前，她微笑道：「好像很好吃。」我心裡依舊很緊張，不知道到底有沒有問題。不過看到那抹笑容，便湧出一股「希望她早點享用」的強烈想法。

「那就趁熱吃吧。」

「好。」

如此說道的我坐在她對面的位子上，兩人異口同聲說：「我要開動了。」

我偷偷盯著美園拿起味噌湯。她第一次請我吃親手做的料理時，也是等我吃過、說出感想後，自己才享用。如今我們立場互換，我也能感同身受。

美園有那麼精湛的手藝，下廚請人吃時還是很不安。那憑我的手藝更是如此。

美園雙手捧著碗，靜靜地喝一口湯，接著用筷子夾起白蘿蔔。她的動作如行雲流水般自然，沒有一絲多餘。由此可看出她的教養非常好。但總覺得表情有些僵硬。她用筷子夾起白蘿蔔後，又吃下一口。接著同樣把白飯、馬鈴薯沙拉、馬鈴薯燉肉逐一放入嘴裡。我還是覺得她的表情很僵硬。

「對不起。」

「咦？」

我按捺不住，直接開口，美園卻訝異地眨了眨眼。

「怎麼了嗎？這幾道菜都很好吃，學長沒有做什麼要道歉的——」

「咦？」

這次輪到我驚訝，甚至發出怪聲。

「對呀。每一道菜的味道都很柔和，感覺很有牧村學長的風格。」

「妳不用替我講話啦……」

我很高興能從溫柔微笑的美園口中聽到「口味柔和」這個評語。但她嘴上這麼說，吃的時候表情卻很僵硬。

「不，我沒有那個意思……牧村學長，難道我的表情不太對嗎？」

「該怎麼說呢……總覺得很僵硬。」

「真是不好意思。我完全沒有這個意思，我是……」

美園急忙道歉，她的聲音愈來愈小，同時忸忸怩怩地別開視線。

「我想要好好記下這個味道，所以可能不小心露出那種表情了。」

美園頂著有些紅潤的臉龐，小聲這麼說道。她的話語在這個靜謐的房間內清楚地傳進我的耳裡。

「我倒覺得這個口味沒什麼大不了的……」

我在掩飾害羞。口味沒什麼大不了是事實，但美園說想記下這個口味，讓我高興得幾乎要跳起來。

「不，沒有這種事。而且我非得記下來不可。」

「嗯？什麼意思？」

結果美園只是呵呵笑著，沒有回答我的問題。

收拾好碗盤後——美園拋出一句「由不得學長說不要」，直接跟我一起收拾——便來到原本的目的，也就是念書時間。今天是延續我用來當邀約藉口的上次讀書會，所以拿了題目給她寫。

美園已經從對面的座位移動，今天也坐在我的右側。我從網路上找來的題目其實有點難度，她卻不費吹灰之力，逐一解題。

本來以為她會稍微陷入苦戰，看來在那天之後，也自己認真用功過了。不知道她往後會用到多少數學知識，但應該不會太頭痛。這是一件值得褒獎的事，但自己少了一個用處，倒是很遺憾。

「全都答對了。」

美園寫完最後一題並抬起頭來，於是我笑著這麼說，她隨即小聲說：「太好了。」然後開心地笑了。

「上次只做了基礎練習，所以我這次選有點難的題目耶。妳做得很棒，甚至不用解說了。妳很努力喔。」

「是的！」

美園朝氣十足地回答，以看著遠方的眼神小聲呢喃：「我真的很努力。」接著將視線移到我身上。她的眼眸看起來之所以蘊含些許熱忱，或許是因為我如此希望。

像這樣一起相處，她誇我做的菜好吃，還有不久以後的煙火大會。毫無疑問都讓我現在春風得意。無法甩開她緊抓著不放的視線，不對，應該說不想甩開，就這麼保持原狀。結果面容染上些許紅暈的她，露出可愛的靦腆笑容。

「……既然這樣，就要給妳一點犒賞了。」

再這樣下去，我可能會被她吞沒，所以急忙回到對話。

「真的嗎？那……還是算了。」

美園原本語帶興奮地說著，最後卻把想說的話吞回肚子裡。我移回視線，就這麼和笑得羞澀的她四目相對。

「要是現在拿到犒賞，我會就此滿足，所以等考試結果出爐，如果考得好，請學長再犒賞我。」

「考試的結果……可是上學期的成績要等下學期快開始才會出爐吧？」

「咦？要那麼久嗎？」

美園接著發出「唔唔」的煩惱聲，訂正前言。

「不然我絕對會努力考到好成績，所以考試結束後，可以請學長到時犒賞我嗎？」

「好啊，可以喔。」

要在結果出爐之前犒賞有點奇怪，不過畏畏縮縮這麼問的美園也很清楚這一點吧。我要是為了掩飾害羞而點出這件事，也很不近人情，重要的是，既然她說會努力考到好成績，那就一定會得到相應的結果。

而且如果是以前的她，即使我說要犒賞，她也會婉拒。這次竟開心地說會收下，所以儘管這是我為了蒙混過關才說的話，卻也強烈地想送些什麼東西。

「妳有想要的東西嗎？我會先準備好。」

「這個嘛……我會先想好，煙火大會那天再拜託學長。」

如此說道的美園游移視線，但從她的反應來看，應該已經決定好想要什麼東西。

「了解。」

「學長為什麼要笑？」

「沒什麼啦。」

美園顯得有些不服氣地說，我則是笑著回應，結果她抱怨一聲「討厭」後，輕輕笑了。這副模樣也格外可愛，不過送禮物犒賞她的機會還要等一段時間，倒是有些可惜。

「牧村學長，那你需要考試後的犒賞嗎？」

「犒賞啊？嗯～」

考試後的犒賞。我們能一起去煙火大會，而且她還會穿浴衣赴約，這對我來說，已經是無上的犒賞。還能奢望什麼呢？

「什麼都可以喔。」

「不要講這種話。」

我知道她沒有別的意思，可是犒賞這個詞，就是會引人遐想，所以我制止美園繼續說，她卻一臉不解地歪頭。

「那等上學期的成績出來了，再拜託妳吧。」

「到時候就十月了耶……」

她感覺頗有微詞。可是——

「因為我要拿到一個很猛的分數，讓妳給我一個很猛的犒賞。」

我半開玩笑地裝傻，其實是想要一個十月也能見面的藉口。

「那我就等吧。」

但美園絲毫不知情，溫和地笑了。

◇◇◇

「真好吃……」

我和美園第三次的讀書會開始前，我一吃她端出來的晚餐，便自然地說出這句話。她過去端出的每一道料理都非常好吃，但跟上次相比，這次的比較可口。跟她第一次做的那些相比，當然是那時的比較美味，不過這次有種沁入心脾的感覺。是一種吃下一口後，就知道是自己喜歡的味道。

「學長喜歡嗎？」

坐在對面的美園看到我的反應，笑吟吟地詢問。

「嗯，很好吃。」

「跟上次相比，覺得怎麼樣？」

我覺得很失禮而吞下肚的比較性言語，現在美園卻主動問出口，還帶著自信滿滿的笑容。那是已經知曉答案的表情。大概是因為答案都寫在我的臉上了。

「今天的比較好吃，是我喜歡的味道。」

「我刻意配合學長的喜好煮的。幸好有成功。」

當我聽見這句話，首先想起前天的事。

「妳說要記住，是這個意思？」

「對。」

「只吃過一次，妳就能明白對方的喜好嗎？」

「如果是完全不認識的人，那就沒辦法。不過若是熟人，其實意外吃得出來喔。」

根據美園所說，憑調味料、廚具，還有餐具的狀況判斷，能知道我雖然習慣自己下廚，卻沒有太大的堅持，也沒有多少機會請人吃飯。

「所以，我想學長的喜好就這麼直接反映在你做的料理上。我還想說，要是搞錯了那該怎麼辦？不過看學長反應這麼好，我好開心。」

「妳好像名偵探喔。」

「什麼事都逃不過我的法眼喲。」

「好可怕啊。」

美園自信滿滿地笑了，我正面看著她並露出苦笑。但不用說，這只是在開玩笑。如果真的什麼事都逃不過她的法眼，我們現在一定無法像這樣相處。就算她再怎麼善於交際，也不會跟喜歡自己的男人這麼親近吧。一想到這點，就絕不能被她看穿。

今天的讀書會是各自念書。美園要我等她有不懂的地方再教，所以我決定不再時刻看著她。原本以為自己一定會在意美園而無法專注，沒想到一開始看書卻意外地專心。

我平常都坐在書桌前念書，所以在矮桌念書出乎意料地讓身體緊繃。為此，我每隔二十分鐘就伸展身體，每當這時候看到美園，都會在心中感嘆她好可愛，心中因此充滿幹勁。而且看到她努力念書的模樣，也能恢復我的專注力。

「是時候泡杯紅茶來喝了。」

「抱歉，我吵到妳了嗎？」

「沒有。反正現在喝茶正好，而且我也有點累了。」

我第四次伸展身體後，美園看了看掛在牆上的時鐘，然後起身往餐廳走去。

「謝謝妳。」

我對著她的背影道謝，她也回頭給我一抹笑。

「喝冰紅茶好嗎？」

「嗯，麻煩妳了。」

「好。」

我們一來一往說完後不久，我的面前隨即擺上一個軟木製杯墊，上面放著裝有冰紅茶的玻璃杯，一旁還有餅乾。順帶一提，杯墊上印著Q版的企鵝圖樣，讓我會心一笑。

「對了，關於煙火大會……」

美園在杯中放入半顆糖漿球後，像是想起什麼事，提起我們月底的行程。

「我跟小志說了之後，她問我們要不要一起前往會場。」

「妳跟志保說了嗎……」

「這樣不好嗎？」

我覺得有點尷尬，才會脫口這麼說，但美園一聽，臉色隨即黯淡下來。

「啊，抱歉。沒有這回事。」

「真的嗎？」

「真的真的，我不會對妳說謊啦。」

雖然實際上我已經為了掩飾害羞和裝傻，說了不少謊言。我用吸管喝一口冰紅茶，在重新交談之前，空出一段時間冷靜。

「所以，跟志保一起去會場的意思是，阿成學長也會去吧？」

「是啊。聽說他們要在車站會合，所以我們會和他們一起從車站走到會場。」

「這樣啊。」

仔細想想，這是百分之百的善意——不對，按照志保的個性，應該有百分之十左右是基於戲弄吧。不過基本上算是個不可多得的提議。畢竟不知道會有多少人擠進會場，而且或許抵達會場就要耗費九牛二虎之力，能和有經驗的阿成學長同行也比較放心。

「學長覺得如何？」

「機會難得，就麻煩他們吧。」

如果要說點任性話，其實我不想削減能單獨相處的時間。但要充當護花使者，我又很不安。說什麼都不想讓美園失望，不想讓她有難受的回憶。我和那對笨蛋情侶一個樣——而且還會被笑——雖然有點尷尬，不過美園和志保一起也會比較放心吧。

「知道了。那我再去拜託小志。」

美園說完，挪動冰紅茶的吸管就口。我隱隱約約……真的只是一點點，總覺得她看起來有點不滿。

「妳放心，我對這件事沒有微詞。能和他們一起去反而幫了大忙。妳把這件事告訴志保，也不用放在心上啦。」

「謝謝學長。」

美園恭敬地低頭致意，但她的表情還是籠罩一絲陰影。本來以為原因出在我脫口而出的那句話上，所以才會急忙彌補，看來沒有成功。

「啊～我也會去拜託阿成學長。」

「好，那就麻煩學長了。」

然而當我們說完下一句話，美園又恢復平常的笑容了。

考慮到她的個性，這也很正常，但她果然還是對我太客氣。如果發生了什麼事，無論是什麼都希望她能告訴我。不對，不只如此。我自己也想變成一個能察覺她心中不滿的人。本以為我們已經變得比較親密，結果還是有很多不足的地方。一想到這點，就有點不甘心。

「學長要再來一杯紅茶嗎？」

我一直不停思考著，以致沒發現自己的紅茶杯已經空了。

「那就恭敬不如從命了。」

「好的。」

美園笑著接下玻璃杯，前往餐廳。我看著她的背影，咬了一口餅乾。在眼前的是一如往常婉約的美園。

◇◇◇

『今天我可以去打擾嗎？不會占用學長太多時間。』

『難得你要來，那就晚上吧。我們喝一杯。』

『好的。晚上七點左右可以嗎？』

『就約七點。我會隨便買點喝的。』

『謝謝學長。我也會買點東西過去。』

成島航一和住在隔了兩間房的學弟互傳訊息，是在七月第二個星期六的早上。

航一也大概明白這個學弟——牧村想聊什麼。他剛剛才從志保這個女友那邊獲得明確的情報，他會和牧村一起前往煙火大會。正確來說，是航一、志保、牧村，再加上志保的好友君岡美園，總共四個人一起前往會場。

從志保問他：「我猜美園他們都是第一次去，所以能跟我們一起去嗎？」已經過去一個月。航一當時爽快答應，但現在其實已經快忘得差不多了。

（話說回來，那個牧牧居然要跟女孩子去煙火大會啊。）

牧村在航一眼中，是個條件對女性來說絕對不壞的男人。首先，他有優秀的學業成績，也有靈活完成任何事情的能力。只不過個性方面卻不能說沒問題。說是問題，其實也不是說他個性很差。在航一眼裡，牧村可說是個好人。但面對異性時——其實對同性也是，只是對異性比較明顯——根本毫無積極性可言。

他們聊過，航一知道他並非對女性沒興趣，也想交女朋友。他沒有被女性傷害過，只是不太敢和女生說話。

這樣的牧村要和女孩子一起去煙火大會，站在航一的角度來說……不對，只要是認識牧村的文執成員，就算知道不是他主動開口的，也會驚嘆：「那個牧牧居然要去約會啊。」

「好了，乾杯。」

「乾杯。」

牧村一來就想直奔主題。航一制止他，要他邊喝邊說，就這麼把啤酒往學弟的杯中倒。因為航一很清楚，這麼一來這個奉公守法的男人，就會以同樣的方式回應自己。

「關於我想談的事……」

「還真快耶。你想談煙火的事對吧？」

「你聽志保提過了嗎？沒錯。當天就麻煩你們了。」

「包在我們身上啦。相對的，你在會場要好好當個護花使者喔。」

「好。」

面對端正坐姿，低頭致意的牧村，航一笑著回答。

「那……你怎樣？」

因為牧村迅速切入正題，航一也決定快速丟出那張——文執傳統的戀愛話題——手牌。結果坐在桌子對面的學弟，卻一臉厭惡地大口喝下杯中黃湯。

「我喜歡她啊。」

牧村把喝光的杯子放在桌上，一臉認真地說出這句話。根本不必詢問對方是誰。

「這樣啊。」

航一拿起啤酒，想替牧村的空杯倒酒。牧村道謝後，也拿起杯子喝酒。

對航一來說，牧村會這麼乾脆——即使內心可能覺得很複雜——承認自己的心意，確實很意外。

以前志保曾說「美園是牧村中意的人」，但當時是五月連休後一週，也就是大約兩個月前的事。合併志保說的話，以及這次一起去煙火大會兩件事，來思考他們兩人之後的發展，航一認為牧村也對美園有好感。

所以航一原本打算利用戀愛話題這張牌，稍微捉弄想必不願承認的牧村，並讓他誠實面對自己的心意。可是結果根本不必那麼做，因為牧村直接承認自己喜歡美園了。這讓航一瞬間沒了想取笑牧村的心情。

「阿成學長是我第一個說這件事的人，所以請你別說出去喔。尤其是志保。」

「你還真不相信我。」

航一面露苦笑，其實他本來只想告訴志保。他原本就知道美園對牧村有好感，所以既然雙方是兩情相悅，那他原先打算和志保合力，讓他們快點在一起——

「不是這樣啦，要是本人知道就傷腦筋了。不怕一萬，只怕萬一。」

「為什麼啊？你不告白嗎？」

「就算現在告白，也只會被甩啊。人家對我可沒有感覺。」

「其實意外地有那個可能性吧？」

航一再怎麼好事，也不至於直接抖出美園其實也喜歡他，可是這點程度的助攻應該還在允許範圍吧。

「才沒有呢。我是覺得我們感情不錯，但人家只把我當成學長啦。」

「是這樣嗎？」

「就是這樣。」

就航一看來，牧村並不是會貶低自己的人。既然他如此堅持，就代表雙方的評斷標準有很大的落差。

「你為什麼會這麼想？」

航一一問之下才明白，因為美園對牧村的好感度打從一開始就很高，結果反而讓牧村誤會那是標準狀態。再加上文執男女之間距離很近，這也讓牧村認為美園的行為舉止很正常。

「原來如此啊。」

要解開這個誤會，其實非常簡單，但航一又不能隨便說出別人的心意。

「可是你想跟她交往吧？」

「想。」

「很好。」

既然如此，航一乾脆換個提問方式，而牧村也肯定地點頭。牧村和美園明明彼此喜歡，卻處於「認為對方對自己沒有情愫」的麻煩關係。不過他們應該還是想縮短彼此的距離才對。

「煙火大會可是個好機會喔。好歹要牽到人家的手。」

「我們明明沒有交往，我不能做這種事啦。」

「當作要牽著她前進不就好了？反正會場的人爆多。你也可以當成藉口，說是為了防止走散。」

「可是如果她一臉厭惡，我有自信會當場快哭出來。」

見牧村面不改色說出這麼沒出息的話，航一整個傻眼。但他並不打算就此放棄。

「不然我先跟志保牽手，然後說『你們也牽手，小心不要走散嘍』，怎樣？」

「絕對不行。」

「為什麼？」

「我不想強迫她，製造讓她騎虎難下的狀況。」

「這樣喔，抱歉。」

「不會，我才不好意思。難得學長給我建議，真抱歉。」

牧村有些尷尬地說，但航一多希望他平常就能光明磊落地說出這種話。

「反正我和志保會牽手，你要做好心理準備喔。」

「那是當然，其實我原本就覺得你們會牽手。」

牧村露出苦笑後，發現航一的酒杯空了，於是拿起酒瓶。航一舉起杯子，說聲「謝啦」後，學弟問道：

「到時候會場會有多擠啊？」

「就像有藝人來的時候，第一舞台前面的人潮綿延河岸數公里那樣。」

「跟那個一樣嗎……」

河岸靠堤防的那一側其實比較空，但說得誇張點，牧村也比較容易做好心理建設。

「對啊，所以了──」

學弟聽了很是訝異，航一則是對他露出不懷好意的笑。

「你們要是被捲進人潮裡，如果不牽手，應該很難保護人家吧？」

「我會加油……」

航一無意強迫牧村一定要牽美園的手，但鼓勵他行動總可以吧。

◇◇◇

第二章

日子來到距離期末考還有十天，離煙火大會則是還有十五天的七月中旬星期五，我今天依舊來到美園家打擾。

進入七月後，沒有文執的活動，能和學年、學系不同的美園見面的時間，只有這場讀書會——其實有過寥寥幾次在校內見面打招呼啦——所以這是一段寶貴的時光，然而一旦專心念書，時間流逝的速度就會加快，我在回家路上都覺得自己糟蹋了這段時間。

我知道自己很奢侈。一開始只是單純覺得，光相處時間增加就很開心。可是現在卻開始奢望明明辦不到的更進一步的事。默默在心裡訝異自己原來是這麼貪婪的人時，窗外傳來細小的雨聲。

美園正在專心看書，所以沒發現那道聲音，於是我靜靜起身，小心不吵到她，就這麼稍微掀開窗簾看外頭。結果沒想到落在地面上的雨勢，比想像中還要大。看來這個屋子的防音效果很好。

「我沒想到會下雨耶。」

「天氣預報也沒說會下雨，所以應該是陣雨吧。」

聽到有人回答我的自言自語，我匆忙回頭，只見美園有些驚訝地站在身後。

「啊，抱歉。嚇到妳了吧？」

「沒有，我才是，真不好意思。」

美園輕笑後，表示要去泡紅茶便前往餐廳。我目送她的背影，拿出手機查看天氣，這才發現有一小片雨層雲籠罩在這一帶。雨層雲的規模這麼小，大概一小時就會停了。

「雨應該會停啦，如果沒停，可以跟妳借傘嗎？我明天就拿來還妳。」

我吃著美園端出的瑪德蓮蛋糕，以防萬一拜託她，結果眼前的她卻可愛地歪頭。

「學長住下來不就好了？」

她說出這個提議的語氣，就像「要喝紅茶嗎？」一樣不假思索，顯得很乾脆。因為她說得實在太理所當然，我甚至以為自己聽錯了。

「可以借傘嗎？要我一回家就拿來還也可以。」

即使不是聽錯，也有可能是我們雙方認知有落差，所以我又重複了一次。結果美園開始鬧彆扭。

「在別人家過夜不是什麼大事對吧？還是學長不喜歡我家？」

「我的意思是我收留別人過夜沒差，但要住在別人家就另當別論！」

美園把我以前說的話當真，價值觀已經開始偏差，所以我急忙訂正。在文執中，即使沒在交往，男人收留女人過夜的情況已經很罕見，從沒聽過女人收留男人。

「是這樣嗎？」

「就是這樣。有男人收留別人的情況，但沒有反過來的。」

「所以學長也不曾在女性家過夜？」

「……沒有啊。」

美園戰戰兢兢地詢問，我思考了片刻後還是如實回答。

「學長錯開視線了。」

「真的沒有啦。」

我只好正對著美園不滿的視線，苦笑說出否定，她這才吐氣放鬆。看起來像是知道我沒有說謊，所以鬆了口氣。事實上我真的沒說謊。我確實沒有在女生家過夜的經驗，只是覺得一旦清楚說出口，感覺就像在宣布沒有女朋友一樣，才會心生猶豫。

「所以妳可不能跟別人說『要不要住下來』這種話喔。」

說到這裡，美園總算發現自己被灌輸錯誤的價值觀，羞愧得滿臉通紅，輕輕點頭應好。對我這個灌輸她錯誤價值觀的人來說，在愧疚的同時，也覺得這樣的她實在是可愛得不得了。

美園張口好像想說些什麼，但最後還是選擇沉默。後來打破沉默的是美園的手機發出的震動聲響。

「啊，是姊姊。」

如此說道的美園拿起手機看著螢幕，卻遲遲不接電話。

「不用在意我啦。」

聽到我這麼說之後，她才說聲「不好意思」，然後起身往餐廳方向前進。

「喂，姊姊？嗯………對不起喔，我晚一點再打給妳，現在……咦！才沒有人！只有我一個人喔！」

美園一開始顧慮到我，所以壓低聲音，後來卻突然大叫。我不想被覺得像在偷看，所以背對著她，但連我都知道她現在很慌，慌到憑聲音都聽得出來她在說謊。

「不是啦！我有朋友來，所以……嗚嗚……對啦……所以我要掛電話了喔……咦？這……姊姊好壞心………等我一下。」

美園的聲音愈說愈低沉，聲音中斷後，一道緩慢腳步聲逐漸來到我的背後。

「牧村學長。」

我回過頭，因為通話內容的關係，美園一臉厭惡地站在背後。第一次看到她這麼露骨的表情，想必是因為她和家人之間很親密。

「怎麼了嗎？」

她蓋著話筒，所以電話應該還在通話中，可是找我要幹嘛？

「姊姊說想和學長說句話……」

「咦？」

「學長不願意對吧？我這就拒絕她。」

我是擔心自己能不能好好說話，絕對不是不願意。重要的是，美園的家人都主動表示想和我說話，我也想和對方聊聊。

「沒關係，如果不嫌棄，我可以聽喔。」

「咦……好吧。」

美園沮喪地把手機放到耳邊，告訴姊姊馬上換我接聽後——

「我開擴音喔。要是姊姊說了什麼奇怪的話，我會馬上掛斷。」

這句話彷彿是要說給對方聽一樣，美園說完開啟擴音後，坐在我的旁邊。加上等一下就要和她的姊姊對話，她距離這麼近，讓我的心臟跳得更快了。

『你好，叫你牧村同學就行了吧？我是美園的姊姊花波。』

「妳好。對，我是牧村。幸會。」

從聽筒傳來的聲音和美園非常相似，但應該是說話方式給人的印象不同，即使說她們是姊妹，我也沒什麼感覺。美園說話平穩有理，相較之下，姊姊給我的印象較爽快、外向。

而美園在我身旁，左手拿著手機，右手則是在筆記本上寫下「花波」兩個字。看來姊姊的名字是這兩個字。

『不用這麼拘謹啦。雖然我的確是大你一歲。』

「姊姊聽美園……學妹提過我嗎？」

『叫我花波就行了啦。還有，你叫美園也可以像平常一樣，叫小美就好。』

「學長才沒這麼叫！」

美園滿臉通紅地否定，花波小姐則是隨口道了兩句歉，回到我剛才的問題。

『我有聽美園提過你喔。說你是很照顧她的學長。』

「真要說的話，受到照顧的人是我。」

這是我發自內心的真話，電話另一頭卻傳出笑聲，花波小姐好像覺得我在開玩笑。

『謝謝你。所以我才想打聲招呼。』

「謝謝妳這麼費心。」

『不會。畢竟我們可能會相處很長一段——』

通話就到此為止。只見結束通話的按鈕上，放著美園白皙的手指，指尖卻顯得有些紅潤。

「美園……學妹？」

「我們繼續念書吧。」

美園低著頭，看不見表情。我戰戰兢兢呼喚後，她才開朗地抬起頭，一臉笑瞇瞇的模樣。明明很可愛，我卻覺得有點可怕，還是別說吧。

「不用管花波小姐了嗎？」

「不用。」

美園鬧彆扭地嘟起嘴巴，好可愛。看到她不是真的生氣，我就放心了。但想起她和姊姊之間毫不客氣的互動，讓我覺得很羨慕。因為她現在還不會在我面前展露這一面。

「小美。」

我忍不住想使壞，低聲叫了這個名字。只見美園嚇了一跳，紅著臉以水潤的視線看著我。

「不能……這麼叫……」

「抱歉，我忍不住。」

我笑著道歉後，美園縮起身子抱怨一聲「討厭」，並抬頭看過來。明明使壞欺負人，她卻給了我一個犒賞。

後來，我們轉換心情再度開始念書。結束的時候，雨已經停歇，所以我也沒借傘就這麼回家了。我在回家路上發現，這下不能用還傘這個藉口去找她了，不禁開始怨恨這場已過境的陣雨。

◇◇◇

自從美園說要犒賞考試辛勞後，我就一直想著一件事。她說會在煙火大會那天說，但我能不能事先送點什麼呢？只要以感謝她提供讀書會的場地和料理為由，應該就能送出去。而我也真的準備好禮物，可是一想到要把這個送她，就冷靜不下來，導致考前最後一次讀書會的現在，完全無法專心。

這是一個有藍色緞帶的白色化妝盒。裡面裝著水藍色的自動鉛筆和白色的原子筆。畢竟是藉口讀書會的謝禮，我選了文具。為了討她歡心而挑選她喜歡的顏色。為了可以實際拿來用，買了跟她現在用的筆相近的形狀。買的時候明明自信滿滿，到了今天卻滿是不安。

順帶一提，可能不知道哪根筋不對，我甚至在昨天附上小卡。幸好在今天過來前恢復理智，把小卡拿掉了。

「學長怎麼了嗎？」

正當我煩惱著該怎麼把禮物交給美園，原本偷偷看著的她，與我四目相交。

「呃……我想說，之前就這麼覺得了，妳的字好漂亮。」

這句話雖然兼具模糊焦點，卻也是我一直以來的想法。自從第一次在文執看見就一直覺得她的字好看到令人心醉。

「有嗎？跟朋友的字相比，我一直覺得自己的字沒有女孩味。所以很高興聽到學長誇我。」

「我覺得很端正漂亮，有妳的風格啊。」

美園的字確實不是女孩字體常見的可愛圓體風格，但是端正的模樣堪稱完美，就像臨摹範本一樣，和她美麗的儀態、高雅的舉止相互重疊。

「謝謝學長……那個……我去泡紅茶喔。」

美園的臉頰染上紅暈，只說了這句話，便快速往餐廳走去。

這是個好機會。我沒有勇氣當面把禮物交給她，所以決定悄悄放在她的座位上。看了看位在餐廳的美園，她沒有面對我這邊。我直盯著她不放，並用手摸索包包，然後拿出禮物。

「啊。」

美園不經意撇了我一眼，我們就這樣四目相對。本來急忙想藏起盒子，但美園已經先別過臉了。我猜她沒有看見。桌子的側邊放著美園的課本，於是偷偷把盒子放在課本上頭，接下來只要等她察覺即可。明明是自己要送禮物，卻這麼窩囊，但我現在決定先不計較這件事。重要的是把東西給她。

禮物只是司空見慣——雖然與我平常用的相比，價格有點高——的文具。即使不當成平常用的筆，也能在其他場合使用。我選了相較之下樸素的設計，所以品味不至於會衝突到讓人看不下去。

我覺得自己和美園算是建立還不錯的關係了。這個禮物也蘊含著學長給關係好的學妹的謝禮、念書備考辛苦了、各種感謝，以及考試加油等意義，所以送筆應該很安全。我認為很安全。

以美園的個性判斷，她不會感到厭惡，我猜她會開心。即使如此還是怕得不得了。我從來不知道，原來送禮物給喜歡的女孩子，竟然會這麼煎熬。

就算這樣，我也絲毫沒有「乾脆不送」的念頭。假設還有第二次送禮的機會，即使會百般煎熬選禮物，然後緊張得全身發抖，我也還是想把禮物送給她。因為美園對我來說，就是這樣一個對象。

休息期間，美園並未注意到禮物。因此再度開始念書的現在，我顯得坐立難安。一心想著「不知道她什麼時候會發現」，因此壓抑不了比休息前更頻繁地偷看她。

心中有另一個我唆使著我乾脆說出來，但如果要說，乾脆一開始直接拿給她。就是因為不敢直接交給她，才會放在桌上。因為對方沒發現就直接挑明，那樣實在有點……不是有點，是很難看。

「牧村學長？」

我和美園又對上視線，她再次微笑歪頭問我：「怎麼了嗎？」

「覺得很漂亮……」

「謝謝學長。」

美園像被人搔癢似的笑出來，說我剛才也說過這句話。但其實我讚美漂亮的對象，跟剛才不一樣。

美園的頭髮跟我們認識時相比，稍微變長了。現在回想，那應該是剛進入六月時的事吧。以前她總是以我不會發現變化的頻率修剪頭髮，但現在稍微留長了。或許是因為這樣，儘管頻率不高，美園偶爾會動手將頭髮撥到耳後。那讓我覺得很有女人味，剛才也情不自禁地脫口說出「漂亮」兩個字。幸好她誤會我的意思了。

「牧村學長，你今天是不是很累？」

「咦？不，沒有啊。」

美園有些擔心地詢問，我也如實回答。念書時間雖然增加，最近打工也變少了——其實我用增加考試前可以排班的日子，來交換煙火大會當天的休假，美園好像是顧慮到這點——而且也沒有文執的活動，所以我的身體狀況不差。應該說，為了避免身體不舒服而缺席和美園的讀書會，反而很用心管理身體狀況。

「真的嗎？我看學長的進度好像停下來了，如果學長不嫌棄，請去床上休息吧。」

我之所以沒進度，是因為其他原因，不過她的提議實在非常有魅力。

「我真的沒事啦。而且我的頭髮有髮膠啊。」

不只如此。因為有用止汗劑，我應該沒有體味問題，可是不覺得夏天晚上八點後的自己有乾淨到可以上美園的床。

「那是小事，沒關係啦。我去拿體溫計過來，請學長量一下體溫吧。快考試了，要好好照顧身體才行。」

看美園這麼擔心，我心中滿是愧疚。其實我在桌上放了禮物，只是在想妳什麼時候會發現——當我做好覺悟，覺得只能坦白這個窩囊的心聲時……

「這是……」

當美園準備起身，手正好就放在桌上的課本附近。擺在課本上的白色盒子還綁著藍色的緞帶，想必不會搞錯吧。

「是學長送的嗎？」

「……嗯。」

美園小心拿起白色的化妝盒問道，我則是稍微別開視線回答。

「算是讀書會的謝禮，還有妳請我吃飯的謝禮，跟考試加油……」

我其實有想好一套說詞，結果卻只能這麼語無倫次，再次認清自己有多廢了。

「謝謝學長。我可以打開看看嗎？」

我靜靜點頭後，美園熟練地解開藍色緞帶。

事已至此，我開始希望她快點看見內容物。但期待落空，只見美園仔細地折好解開的緞帶，然後輕輕放在桌上。看到她美麗的手指優雅地舞動，讓我瞬間忘卻內心的急躁，不禁看得入迷。

「這枝筆好棒。我好開心。」

美園打開化妝盒，首先從固定著筆不讓它滾動的筆座上，拿起白色的原子筆。我盯著笑得開心的她，結果視線再度對上。

「我應該會忍不住傻笑，所以請學長別盯著看。」

美園羞澀地笑道，看到她的臉頰微微抽動，再加上這句話，我已經心滿意足了。

我笑著說「好」，並把視線稍微從她身上挪開。但還是可以聽到「哇」、「好可愛」之類的話語，感覺我可能才是那個一臉傻笑的人。

「學長選了我喜歡的顏色，好高興。」

「妳喜歡就好。」

我的視線因為美園這句話，回到她身上，只見她滿臉笑容地對著我。她的手上正拿著水藍色的自動鉛筆。

「我現在就要拿來用。其實很想收起來珍藏啦。」

看到美園儘管有些失落，還是開心地拿著筆，我的整顆心都暖了。

「妳能這麼說，我很高興，可是在考試之前，用自己拿習慣的筆會比較好吧？」

不能讓她的成績因為我送的筆變差。就算真的變差，美園也絕對不會說出口，我甚至不願意思考這種可能性。

「沒關係。我覺得手感很好，重要的是，我現在只願意拿這枝筆。」

「……謝謝妳。」

「要道謝的人是我喔。學長送了這麼棒的東西，這下子有回禮的價值了。」

美園那副充滿幹勁的神情，讓我看了不禁苦笑。因為早就知道她會這麼說。

「不用回禮啦。畢竟這是我的謝禮，要是妳再還回來，我會很傷腦筋。」

「……不然我也要給學長謝禮。這樣就沒關係了吧？」

美園嘟起嘴，隨後露出一抹微笑，像是想到了什麼好主意，開口這麼說。

「不是這樣吧……」

我開口想反駁，但面對美園那句突發奇想的話語，只能被迫沉默。

「對了，牧村學長。你的身體還好嗎？」

「我……」

為了不讓美園擔心，到頭來我還是得說出無法專心念書的理由。明明是一件非常沒出息的事，美園卻不知道為什麼只顧著傻笑。

◇◇◇

七月最後一個星期五，上學期的考試結束了。多虧和美園的讀書會，我一點也不擔心考試結果。也有一個很大的因素是，我告訴自己：都和美園開讀書會了，可不能考出丟臉的分數。

「好，確認完畢。來，這是你的工作人員外套。拜託檢查一下喔。」

「謝謝。尺碼也沒錯。」

我在委員會辦公室領取白色的工作人員外套，檢查左臂上繡著委員會中只有一個人的「牧村」繡字。背後印著「第五十九屆文化祭執行委員會」的黑色字樣。為了配合和風的標誌，執行委員的字樣也設計成手寫字體，很適合這件白底的工作人員外套。

「本來以為白色的衣服髒了會很明顯，不過這樣一看，倒是覺得不賴。」

「的確。」

我一邊付錢，一邊和負責會計的學生閒話家常。這時候陸續有人過來領取工作人員外套，我便離開委員會辦公室，不在裡面礙事。今天稍晚會在委員會辦公室舉行部長會——由委員長、副委員長、三名部長，以及會計，總共六個人組成的聚會——所以會計會一直留在委員會辦公室。

工作人員外套在這個星期一送來，如果要在暑假前拿到，今天就是第一次，也是最後一次機會。美園有傳訊息給我，說她今天也會去領取。美園一直很期待，一定會想趁今天來領取。所以只要在這裡等，或許能見到一面。但反正明天也會見到她，我決定忍耐，改期待明天。

◇◇◇

考試結束後的隔天，是七月最後一個星期六，也是我引頸期盼的煙火大會。

我不只一、兩次聽人說過，遠足前的小孩子會興奮得睡不著覺，不過自己並不是那種小孩。沒想到這件事居然在我大學二年級時首次發生。

為了以防萬一，避免在煙火大會時覺得疲困，我把自己的就寢時間和起床時間稍微往後挪了一點。但就結果而言，根本不必這麼做。因為躺上床後，至少在上面滾了兩個小時都睡不著。最後一次看時間是半夜三點。

然而我卻在早上七點多就醒了。本來想睡個回籠覺，結果根本睡不著。想到能和穿著浴衣的美園去煙火大會，興奮之情就把我的睡意全趕跑了。

「不行。」

我在正好九點的時候放棄睡回籠覺。

因為睡得不舒服，流了很多汗，但我還不會去沖澡。因為會在下午四點去接美園，打算兩點半左右再去沖澡，鬍子也到時候再刮。我希望和她相處的期間，能盡可能保持整潔。

明明是這麼打算的，結果下午兩點就沖完澡。看來遠足前的小學生狀態還沒消退，無論做什麼事，行動總是優先於思考。別說提前五分鐘行動，根本是提前一個小時。我到底有多期待啊？

話雖如此，也不能提早一個小時去接她，所以我換好衣服，抓好頭髮後，只能拚命殺時間。

我在設定好的鬧鐘響之前，提早一分鐘取消，然後走出家門。一出門就是悶熱的戶外空氣，還有已經西斜卻依舊保有熱度的太陽。天空中幾乎沒幾朵雲，不能遮陽實在很遺憾。但我決定抱持正向的想法，當成不會有降雨的威脅。

我在前往美園家的途中，發現了一件事。看到穿著浴衣的她，該說些什麼？可愛、漂亮、很好看，這些是毫無疑問會有的感想，可是機會難得，我也想說些機靈的話。不過聽到一個不是男朋友的男人苦思之後的讚美，女生會開心嗎？

我遲遲得不出答案，走著走著，美園家的玄關已近在眼前。那是有自動鎖的玄關，當我準備撥打美園家的對講機，按下二、〇時，有人從裡面走出來，自動門因此開啟。

「牧村學長，你好。」

出現在眼前的美園穿著白底印有紅色、粉紅色、淺紫色花朵圖案的浴衣。葉子的配色是綠色和水藍色，顯得很鮮豔。此外，她綁著粉紅色的腰帶，把美園楚楚可憐的魅力襯托得更加出色。她腳下自然是穿木屐。偏粗的粉紅色木屐帶，增添了整體韻味，非常可愛，也很有她的風格。

與平時不太一樣的地方是髮型。平常放下來的頭髮，現在用髮簪固定在左側，而且還編了一條辮子。這樣的髮型與浴衣相輔相成，完美融合她的清純魅力和美豔姿色，讓人產生超越悸動……以上的感受。

「美園，妳好啊。」

全身上下都能讚美。所以反而不知道該怎麼讚美。

「學長……覺得如何？」

美園由下往上看著我提問，可以感覺到她心中的不安和緊張。我本該在她這麼問之前、在她露出這種表情之前讚美。好想這麼做。

「很可愛啊。非常好看。很美。」

不夠。根本沒有表達出自己此刻因為眼前的她的魅力，有多心動。我恨自己的語彙不足，只能重複美麗、可愛這些詞。

「真的很好看。很美，很可愛。」

「學長，已經……夠了。謝謝你。」

我說不出話來，就像個壞掉的播放器，不斷重複一樣的單字。回過神來，才發現眼前的美園已經臉紅，她伸出手，把手掌對著我，彷彿要遮住她的臉。

看到她這副模樣，我這才跟著害羞。我所說的話毫無虛假，反倒覺得自己表示得還不夠。不過像這樣可說是不勝其擾——應該說，就是不勝其擾——地誇獎一個不是女朋友的女生，或許不太好。

即使是小學生也會說的讚美，還是讓我的臉幾乎噴出火來。美園沒有一臉厭棄，算是得救了。但我覺得自己應該有更聰明的方式，而且一開始就這樣，那前景堪憂。

「學長……」

當美園呼喚，我這才提起不知何時對著地面的視線，就這麼和臉紅的浴衣美人四目相交。

「你誇我漂亮，真的很開心。讓我打從心底覺得有穿浴衣真是太好了。」

美園一臉羞怯地筆直看著我的眼睛，堅定地說出這句話。光是這樣一句話，就掃空了我心中的不安。

「嗯，妳穿起浴衣真的很好看。謝謝妳穿了浴衣。那我現在鄭重說一次，今天請多指教。」

「好！」

紅著臉的美園，還有想必也是滿臉通紅的我相視而笑。現在時間下午四點零二分。我剛出家門時，還覺得煩悶的日照，現在看過去卻很不可思議地覺得美麗。

我們步行前往公車站的途中，總覺得美園走路有點困難。我已經留意走得比平常還要慢了，但碰到這種事，就會顯現出我的經驗不足。

要是問出口，美園一定會道歉。我不喜歡那樣，所以默默放慢了速度。美園剛開始一臉愧疚，但我故意假裝沒發現，她這才一邊苦笑，一邊小聲地說：「謝謝學長。」

看她這樣，我心滿意足地用比自己一個人走時，還要慢一半的速度，走在前往公車站的路上。按照這個速度，大概還有七、八分鐘會到大學正門前。在抵達之前都是我們獨處的時光。

「早知道我也穿浴衣就好了。」

看著身穿浴衣走在身旁的美園，我的嘴巴老實說出因此萌生的其中一個想法。

平常的她當然很可愛，今天卻是特別的。可愛到比煙火還要吸睛，如果我是煙火的主辦單位，一定會考慮禁止她進場。還擔心她會不會造成會場情侶吵架，我可沒有在開玩笑。

但站在她旁邊的人，卻是個穿著普通夏裝、長相平凡的男人。我忍不住會想，倘若自己至少穿著浴衣，或許能多少修飾一下拙劣的外表。

「我好想看學長穿浴衣的模樣喔。」

美園半開玩笑說道，一舉吹散我的後悔。她呵呵笑著，然後繼續說：

「請學長明年記得穿喔。」

美園溫柔地微笑著，我想她一定不知道這句話的意思和破壞力有多大吧。

應她。

提明年，我甚至不知道下個月該怎麼做才有機會見面。這樣的我，根本無法坦率點頭答應她。

說實話，我很想馬上答應她。而且別說明年，後年和往後的每一年都行。然而先不

「我會積極考慮。」

公車上有許多目的地相同的人，雙人座位早已遭到情侶占據。幸好單人座位還有空著，我讓美園坐下，自己則站在旁邊。

不知道確切的字怎麼寫，不過常聽人家說「立如芍藥，坐如牡丹」。穿著浴衣坐在位子上的美園，有著另外一種美感。她像平常一樣挺直腰桿，只坐座位的前端。腿上放著紅色的布巾，腳微微擺斜。她毫無疑問吸引了公車裡所有人的目光。

「自從那次之後，我坐了好幾次這班公車。雖然不是每次都一樣……」

美園仰望站在旁邊的我，我馬上就明白開口的她想說些什麼了。

「不過我還是很喜歡這班公車。」

美園表示她在這班從大學前往車站的公車上有幾件回憶。以前和我一起出門的那天，也是其中之一。我也必須好好努力，讓今天能和那些回憶並排。

我們開始討論，抵達會場之後該怎麼辦？煙火要在哪裡看，才會顯得更美麗？最後

達成共識，決定選個能靜下心來的地方。公車正好這時候抵達車站。

「差不多可以下車了吧？」

「好。」

我等大部分乘客下車後，告知坐在位子上的美園。現場有好幾組情侶，男方都會在女友離席的時候牽她的手。我看到的時候茅塞頓開，卻沒有模仿的勇氣。

不只如此，在走下公車的階梯時，也會看到情侶牽手。我坐上公車時，完全沒想到這件事。美園穿著木屐會不會很難走？覺得沒發現的自己實在很沒出息。

「美園。」

我下定決心，對著付完車資的美園伸出右手。我佯裝冷靜，自認擺出「這點小事很正常」的表情，但其實心臟跳得飛快。

「好。」

美園有一瞬間瞪大眼睛，後來還是明白了我的用意，她顯得有些害羞並溫柔地瞇起眼睛，然後抓住我的手。那隻白皙又纖細的左手，好像一碰到就會壞掉一樣。實際上卻軟嫩得不可思議，也很溫暖。

我就這樣，始終走在美園下一階。或許是因為穿著不習慣的浴衣和木屐，讓她覺得很不安心，感覺得到她抓著我的手多用了一點力道。我牽著她的手，領著她慢慢一階一階往下走。走下公車後，發現有一組人正看著我們。要是慌慌張張把手放開，感覺就輸了，所以決定若無其事鬆手，但微微低著頭的美園，卻始終沒有放鬆力道。

「美園，手。」

如果現在這份幸福多延長一秒，一定會被那對笨蛋情侶捉弄。但說實話，這點小事我已經不在乎了。只是不想在美園因害羞發呆的時候，趁虛而入。

「啊……對不起。」

我叫了她一聲，美園這才急忙放開我的手。現在外頭還有點熱，我的手卻突然感覺到一股冷意。

「辛苦——」

「啦。」

我們直接前往會合地點，與一臉邪笑的阿成學長和志保打招呼。

「辛苦了。今天麻煩你們了。」

「成島學長、小志，你們好。今天要麻煩你們了。」

美園和輕輕點頭致意的我不同，彎腰三十度展現美麗的行禮。這個動作看起來比平常還要俐落，或許原因之一是因為她穿著浴衣這種日式服裝。

「美園穿浴衣啊？顏色也選得漂亮，很好看喔。」

「謝謝學長。很高興聽到學長誇獎。」

幹嘛？這是什麼渾然天成、自然又伶俐的互動？

正當我覺得有點嫉妒時，有人拍了拍我的肩膀。只見志保看著這邊，表示我也要讚美她。志保穿著深藍色的浴衣，浴衣上開著白色的花朵，腰帶則是水藍色。編髮的部分形成一個半圓，看起來就像戴著花冠一樣。我也不知道為什麼，總覺得說出口會很不甘心，但非常好看。

「很好看喔，真的。」

「謝謝牧牧學長。以學長來說，算是很不錯了。」

「這句話是多餘的。」

雖然我有自覺啦。

志保說完想說的話後，轉頭開始讚美美園的浴衣。美園也同樣讚美志保的浴衣。雙方都是女孩子，她們的讚美著眼於花樣和整體氣質這種細節上。她們的對話會在未來某一天被我拿來參考嗎？

「你很拚嘛。」

「還好啦……」

這次有人從另一邊拍我的肩。阿成學長剛剛一臉邪笑，現在卻一抹穩重的笑容。

「阿成學長沒有穿浴衣啊？」

「我們有訂旅宿，行李也有點多。現在是放在投幣式置物櫃裡，如果我穿浴衣，就不好拿東西了。」

「原來如此。幸好不是只有我一個人顯得不合群。」

阿成學長笑著要我感謝他後，對兩個女孩說：「時間還有點早，不過先吃飯吧。」我們原本就打算在前往會場前，稍微吃點東西當晚餐，因此沒人提出異議。

「那家店在車站裡，是嗎？」

「對啊。」

阿成學長選的是迴轉壽司。他說只要小心醬油，就不會弄髒衣服，而且自己也較能控制進食量。即使穿著浴衣，也不會有什麼大問題。另外就是有和風氣氛。

「其實我是想帶你們去吃正統的壽司店啦。」

吃完之後，阿成學長拿著帳單苦笑。順帶一提，兩個女生現在去補妝了。因為是志保邀美園一起去的，我猜她應該事先跟阿成學長談妥了。

「我也付吧。」

「在學弟妹面前，就讓我耍帥一下啦。」

「我也有想耍帥給她看的學妹啊。」

「哦，你很敢講嘛～」

阿成學長在一瞬間面露訝異，接著愉悅地笑說：

「好啦，你留到之後再耍帥啦。」

他一手制止我拿出錢包，另一手則是甩了甩帳單。

「謝謝學長。」

「不謝。反正雖然看起來是順勢，你也牽到人家的手了，到會場也要好好當護花使者喔。」

「那樣算牽手，還是什麼……」

「你在關鍵時刻很廢耶。」

阿成學長傻眼地看著我，我也無從反駁。可是——

「不過我今天會加油。」

可靠的學長聽到我這麼說，滿意地笑了，然後往收銀台走去。

從車站到會場約有兩公里路程，與我們擦身而過的人少之又少。並不是人數很少，而是因為大家前進方向都一樣。國小、國中、高中，加上大學生都放暑假了，我是覺得往車站方向的人很多也無所謂，不過阿成學長他們或許不喜歡煙火大會人擠人，所以把時間錯開了吧。

「這些人果然都是要去參加煙火大會的人嗎？」

「不一定全部都是，不過應該幾乎都是吧。」

走在我身邊的美園大略看了看四周，然後這麼提問。我說的「幾乎」應該不誇張。至少穿著浴衣的人，毫無疑問就是要去參加煙火大會。而且出雙入對的男女和帶著家人的人，應該不會特地在這個人擠人的日子選上這條人擠人的路。

「感覺會場會很擠耶。」

「對啊。」

就算不想看，還是會看到走在眼前的笨蛋情侶。他們的左手和右手十指緊緊相扣，我別開視線，撇了美園一眼，結果視線就這麼對上。

「啊～妳是不是見過阿成學長啊？」

「見過。跟小志在一起的時候見過幾次。」

「他們當時也像那樣？」

「是啊。就像那樣。」

我心中帶著肯定，如此詢問，美園也在苦笑中表示肯定。

「不過，我有點嚮往。」

美園稍稍瞇起眼睛，我相信她的視線現在就對著我剛才看的地方。

「這樣啊。」

只要看看周遭，就會明白阿成學長和志保並不是特別的存在。現在人沒有多到會因此被沖散，不過在人群中牽手的情侶很多，穿著浴衣的女性被人牽著手的比例就更高了。

「就是這樣。」

美園仰望小聲回應的我，一道靜謐的低喃就這麼從開合的嘴唇裡溢出。

「比想像得還不擁擠耶。」

這場觀眾超過五十萬人的盛會，據阿成學長所說，嚇死人的人潮會延綿好幾公里。沒想到一抵達會場後，才發現人潮整體而言，比想像得還要少。不過河邊倒是比聽說的情況還要擠。尤其是施放煙火的河島正面，根本不想靠近那裡。人也擠得我說什麼都不想讓美園靠近那裡。相反的，堤防附近倒是很空。

「就是啊。如果是後面，就能坐著看了。」

「對啊。還好有帶野餐墊過來。」

這跟文化祭的舞台不同，煙火會射向高空，所以就算距離遠了一點，也能看得很清楚。如果不選地方，距離施放還有一個小時的現在，完全有空間可以鋪野餐墊。

「我們還要再往前，你們呢？」

「我們就坐在後面看。」

「這樣啊。那回程怎麼辦？」

「所有人都會一起散場，對吧？這樣也很難會合，我們會自己想辦法走回去。」

「請學長要好好護送美園喔。」

「好，包在我身上。」

阿成學長提及回程的話題，這時志保罕見地以認真的表情插嘴。她沒有消遣我，純粹是擔心美園。看她那樣，我也認真回答並約好會說到做到。

「那就好。好了，美園，掰啦。」

「嗯，掰掰。成島學長、小志，謝謝你們。」

美園再次行了個美麗的禮，阿成學長對她揮揮手後，將手搭在我的肩上，說了一句「之後要跟我報告喔」，也不等我的回答就面向志保。志保依舊是那個調調，她在美園耳邊說了悄悄話，結果美園嘟著嘴，打了她的肩膀。這是從未見過的景象，原來她們偶爾也會這樣打鬧啊。這好像比摸頭更讓我羨慕。

「阿航，久等了。」

「那我們走吧。」

「嗯。」

我目送牽著手的兩人離去後環視四周，發現附近有好幾個可以鋪野餐墊的地方。

「要選哪裡好？如果妳沒有意見，就選那附近怎麼樣？」

「好，就那裡吧。」

我手指的地方相較之下狹小，但也因為這樣，只要攤開野餐墊，之後不用擔心旁邊會有別人過來擠。美園也同意了，所以我嘴裡一邊說著「不好意思」，一邊穿過先占好地盤的人旁邊的空隙。

我帶著美園前進之際，可以感覺坐在各種顏色的野餐墊上的人們都在看我們。當然了，集中在我身上的視線只是順便。偷偷看向坐在灰色野餐墊上的情侶，男方已經完全迷上美園，女方則是一臉不悅。我明白他們的心情，但也只能說：「節哀順變。」

「來，請坐。」

我從包包裡拿出為了今天買的水藍色野餐墊，攤開之後要美園快坐下。美園禮數周到地低頭說聲「那我不客氣了」便脫下木屐，然後壓著白色浴衣的衣襬坐下。她的坐姿當然很美，但在坐下之前的動作就像流水一樣自然，令人著迷。

常看人指著煙火，將其比喻成在夜空綻放的花朵，但我在看見煙火前，眼前已經有一朵美麗的花朵綻放。她美得讓人猶豫是否可以坐在旁邊，但看到她抬頭看著我詢問：「怎麼了嗎？」我也不能老老實實說：「抱歉，我看呆了。」

「既然地點占好了，我去買點甜食或飲料吧。妳想吃什麼？」

會場也有路邊攤。我們已經提早吃完晚餐，所以不必再吃主食，不過現場也有甜點類和飲料類的攤子。一定也有這種時候要吃的刨冰或蘋果糖葫蘆。

「啊，那我也一起去吧。」

原本想把美園留在這裡顧野餐墊。其實以地點來說，應該不太有這個可能，但還是有被搭訕的疑慮。她穿浴衣應該很不方便，所以要讓她在這裡休息嗎？還是考慮到風險，讓她跟我走呢？思考了一瞬間，結果美園垂下眉尾，笑著說聲：「不對。」

「我說錯了。我想一起去。想和學長一起走在會場的氣氛當中。」

我們分別位於野餐墊的裡面和外面，一個人坐著，一個人站著。她仰望著我，羞澀地撫摸吹到臉頰上的頭髮。

「好啊，一起去吧……我們一起享受吧。」

我想實現她的願望，更何況她說得對，我有很強烈的心情，想和她一起享受這場盛會。因此我幾乎是反射性點頭答應，她也開心地瞇起眼睛說：「好。」

我把自己的包包留在野餐墊上，兩人一起往路邊攤走去。反正四周都有人，包包應該不會被偷走。而且就算真的被偷，裡面也沒有什麼值錢的東西。我再度說著「不好意思」，反向穿梭在別人的地盤縫隙間。美園依舊受到眾人注目。看過來的人不知道是反省過了，還是被迫反省，這次沒有死盯著看，只是偷看。

「太陽就要下山了，不過這裡有燈，很亮耶。」

「對啊。文化祭也常會用那種行動式照明喔，雖然不是那種正式的投光燈。」

「去年我在傍晚前就離開了，所以沒看到照明。不過十一月太陽很快就下山，的確會需要投光燈。」

美園同意地點頭並舉起手放在眼前，看著ＬＥＤ式的照明，接著環視四周。

「一想到這裡，煙火大會和文化祭有很多共通點耶，比如有很多攤位，也有很多人會來參加。」

「妳說得對。不過就氣氛而言，與其說來享受，更像是來視察吧。」

「啊……的確如此。」

美園開心地抬頭仰望我，露出一抹靦腆的笑，並微微歪著頭。她的頭髮已經用髮簪固定，所以頭髮的擺動幅度比平常小。

「但是先提到文化祭的人，可是牧村學長喔。」

「……是我沒錯。」

我感受著她今天的打扮帶來的新鮮感，同時苦笑回答，她隨後遮住嘴角說了聲「真是的」，暗自竊笑。她穿起浴衣，果然就會在這種可愛的舉動中帶有另一種魅力。

「不過看看這邊的攤販，感覺跟慶典和節日的氣氛不太一樣耶。」

我追著美園的視線，看向不遠處的攤販。

「嗯。如果是慶典，道路兩邊都會擺攤嘛。」

或許是為了避免妨礙觀眾欣賞煙火，攤販區位於煙火施放地的反方向，在堤防這一側橫擺了一排。

「學長說得也對，可是這裡都只賣吃的，沒有撈金魚這類玩樂的攤販。從這裡就可以看出，這場活動的重點就是煙火。」

「……是啊，經妳這麼說，的確是這樣。因為文化祭的攤販都是賣吃的，我都沒留意過這點……啊，抱歉。」

看到我又提到文化祭，美園看著我呵呵笑，然後溫柔地搖頭。

「沒關係喔。因為我知道學長很喜歡執行委員會……我覺得這一點也很棒。」

「……謝、謝謝妳。」

面對這席直截了當的讚美，我光是道謝就用盡全身的力氣，甚至感覺到一股會被那雙溫柔看著我的眼眸吸進去的錯覺。這也是煙火大會的氣氛造成的嗎？我的心跳聲像極了煙火。忍不住把視線從美園身上挪開，看向攤販。

「去排隊買東西吧。妳想吃什麼？」

「好。我想想喔……這個嘛……」

當我們從末端望著橫排在眼前的攤販，美園的視線停在某個攤位上。

「那我想吃可麗餅。」

「收到。」

「學長要買什麼呢？」

「跟妳一樣的。」

「咦？學長可以吃可麗餅嗎？很甜喔。」

「也不是不能吃啊。」

我隱瞞想和她並肩吃同樣東西的真心話，笑著回應。美園稍微思索一下後開口：

「我打算點草莓鮮奶油可麗餅，真的很甜喔。牧村學長，你點沒那麼甜的東西比較好吧？」

「啊，這麼說也對。」

並肩吃同樣東西的部分，就歸類在可麗餅這個大方向將就一下吧。

「而且如果買不同的東西，還可以交換吃呀。」

「不了，我……」

從有些害羞的美園口中，迸出了這個意想不到的提議。只不過，到時候會變成間接「那樣」。都已經是大學生，還因為這點小事慌張，實在很丟人。若要按照我的真心，是很想直接點頭。話雖如此，還是不禁卻步。

「反正不能這樣，我還是買一樣的吧。」

「學長不喜歡這樣？」

這是我壓抑喋喋不休的真心，死命擠出的話語，但抬頭看著我的美園卻鬧彆扭了。

「不然妳買兩份不就好了？」

「那就沒有意義了。」

我完全搞不懂箇中緣由，但也實在受不了美園那副有點傷心的表情，最後只好點比較沒那麼甜，而且放了很多水果的可麗餅。之後的事，我就沒多想了。

買完可麗餅往回走，順路買了飲料，然後回到我們的野餐墊。無論是野餐墊本身、鋪設的地點，或是我的包包，全都平安無事。美園去程和回程都受到關注，不過因為旁邊有個擋蒼蠅的人，別說被包圍，根本沒人來搭訕。

距離施放煙火還有三十多分鐘。我們都還沒吃手上的可麗餅。

「那就開動吧。」

美園坐在我的右側，笑著咬下可麗餅。因為我們剛才的對話，我的視線始終盯著她那淡紅色的櫻唇。她撥起臉頰旁的頭髮，內斂地張口。我理應覺得她咬了一小口草莓可麗餅的模樣很可愛，卻總覺得有些煽情。

「真好吃。」

美園一臉幸福地說，然後看著我的手詢問：「學長不吃嗎？」但因為我的注意力已經被其他東西奪走，只隨便回了一聲：「嗯？」

「這可是要跟著現場氣氛一起享用的東西喔。」

「說得也是呢。」

美園不知為何笑得有點調皮，我只能苦笑點頭。如果是跟著現場氣氛，那現在我不管吃什麼，都會覺得好吃吧。

我咬得比美園剛才咬得還要大口，嘴裡馬上感覺到鮮奶油的甜味，不過奇異果等水果的酸味很快就壓住甜味，成了對我來說剛剛好的甜味。

忽然感覺到視線，於是往右看去，只見美園笑嘻嘻地一直看著我。

「拜託別一直看我。」

「這是回敬學長的喲。」

看來美園有發現我剛才的視線，她呵呵笑道。這樣溫柔地看著，讓我心好癢。

「味道如何？」

「很好吃喔。甜度正好。」

「那麼——」

美園停頓一下，然後畏畏縮縮地對我伸出右手。她的右手拿著咬了小小一口的可麗餅，接著左手也輕輕放在右手上。我緊盯著那個可麗餅，然後冷靜思考了一下。如果是扇狀的可麗餅，在這種狀況下也不可能會間接「那樣」。我鬆了一口氣的同時，也覺得有些遺憾。

「請用。雖然對學長來說有點甜就是了。」

「我應該沒問題。但真的可以嗎？」

「可以。當然可以。」

儘管不是間接「那樣」，也是所謂的被女生餵食。美園那張笑瞇瞇的臉有點紅。如果要跟著現場氣氛享用，這個毫無疑問會好吃。我覺得很害羞，可是美園這種時候都不會退讓。重要的是，「怎能放過這個機會」的心情勝過一切。

「那我就不客氣了。」

「好，學長請用。」

我咬得有點小口，在嘴裡擴散的甜味比想像中還溫和。不知道是因為草莓的酸味，還是覺得空氣比較甜的關係。

「多謝招待。很好吃喔。」

雖然是跟著現場氣氛享用，但毫無疑問很好吃。或許應該說很幸福。

「那接下來換妳吃我的了。」

看著一臉滿足的美園，我在心中期待她會有什麼反應，就這麼遞出右手的可麗餅。

但是——

「好。我不客氣了。」

美園的動作實在太過自然。她對我探出身子，用沒拿東西的左手將臉頰的頭髮往後撥，然後咬了一口我遞出的可麗餅。這一連串舉動配上浴衣，讓她的美豔威力大增，此外還有隱約可見的白皙後頸帶來的性感姿色。說實話，我已經快招架不住。幸好自己是伸出右手，左手還能撐著身體。

「多謝款待。我覺得這個比較好吃耶。」

美園坐直身體，呵呵笑著。她的臉頰有些紅暈。我以為她很有一套，結果還是有點害羞嘛。儘管我們之間程度有差，知道彼此都有同樣的心情，我感到很開心。

「是喔？」

「對。」

美園的臉頰已染紅，露出放鬆的微笑，感覺得出她的喜悅和羞怯。其實我也一樣，只不過承受不了害羞，首先別開交纏在一起的視線，看向手上的可麗餅。

「啊。」

我發現即使互相分食的時候沒有問題，若要吃掉剩下的部分，無論如何都會吃到對方吃過的部分。

「怎麼了嗎？」

美園不解地看著我，然後看我視線前方的物品，最後看了看自己的右手。原本和煦的心頭，就這麼開始火熱燃燒。

「反正……這也沒什麼好在意的嘛。嗯。」

「就是……呀。畢竟我們都是大學生了。」

我的心中滿是不可告人的心思，那樣的藉口也只是說給美園聽的。至於她所說的，則是說給自己聽的吧。即使如此，既然人家都說不用在意，我就應該乖乖接受。不用多想，吃就對了。

「只不過是間接……接吻，我不會在意。」

這兩個字，以英文來說就是四個字母。我一直刻意不去思考那個詞，她現在一說出來，已經足夠讓我定格。看到我的反應，滿臉通紅的美園也跟著定格，低頭看著下方。

當我撇了美園一眼，她也正好在同一時間看過來，我們直接四目相交。緊張的美園放鬆表情傻笑時，會場內的喇叭正好開始廣播。

「還有三十分鐘嗎？」

廣播首先感謝所有人到場，接著開始解說煙火大會的歷史。簡單說明從開始到結束的流程後，提醒所有觀眾，照明會在開始前五分鐘關閉，只留下一小部分。

「……看來得在變暗之前把東西吃掉了。」

「……就是啊。」

美園提起視線仰望附近的喇叭，接著往下看我，害羞地笑了。我點頭做好心理準備後，咬下可麗餅。美園也跟我一樣，咬下比我小了很多的一口開始吃起來。

我們彷彿錯失互相別開臉的良機，始終看著彼此，只是默默吃著可麗餅。晚霞的時間明明已經過去，美園的臉上卻還看得見晚霞色彩。我想在她的眼裡，一定也看見晚霞了吧。

日落後，夜晚降臨會場。開始前的五分鐘，廣播再次響起。如他們事前告知的那樣，照明逐漸慢慢消失。接著說明首先施放的煙火，最後以「那麼請各位觀眾盡情享受」作結。

「要開始了。」

「是呀，好期待。」

美園對我露出笑臉之後，仰望施放煙火的河島上空。我受到她的影響，也看著同一個方向。過了一會兒，一朵渾圓的閃光花朵在夜空綻放，大約一秒後，才聽見「砰」的一聲。

開頭是一發煙火，接著開始連續施放。天空色彩繽紛，從圓形煙火到柳枝形狀的煙火，還有乍看之下不規則形的煙火，都逐一施放到空中。施放的煙火看起來毫無規律，其實都是經過縝密計算的吧。完全不覺得雜亂無章。

「好美。」

「嗯。」

會場滿是煙火的聲音和觀眾的歡呼聲，瞬間被喧囂包圍。即使如此，我還是能清楚聽見美園輕輕呢喃的聲音。

我側眼看著仰望煙火的美園，內心浮現「妳更美」這種陳腔濫調。在故事中看到這句話，都覺得根本是裝模作樣，我現在也這麼想。可是如今明白，之所以會變成陳腔濫調，都是有原因的。

煙火大會順利進行。

施放煙火時，我和美園都沒說多少話。畢竟她來這裡就是想看煙火，而我也同樣有名正言順的理由，所以並不覺得尷尬。

而且煙火本身——雖然遠遠不及美園——比我過去看到的任何一場煙火都要漂亮。在不懂察言觀色的理工男子之間，有個笑話是煙火不過是單純的焰色反應。但就算是開玩笑，我也不這麼想。和誰一起看、抱著什麼樣的心情看——我現在才知道，煙火竟會帶給感情這麼大的影響。感覺很神奇，而且令人暖心。

照亮夜空的光輝，在表定結束時間還有二十分鐘時短暫停止。這時會場傳出廣播，表示今天最後壓軸的連續煙火，即將開始施放。四周隨即發出期待的歡呼聲。

我想出聲叫坐在右側的美園，視線因此從夜空移下來，結果眼睛就這麼和看著我的美園對上。

「牧村學長。」

我點頭回應一臉認真呼喚我的美園，接著她深呼吸後，繼續開口：

「還記得我們考試前的約定嗎？」

「當然記得。妳想要什麼？」

努力考試的獎勵。雖然結果還沒出爐，既然美園都誇下海口會努力考到好成績，那我也沒有必要詢問結果如何。

「其實我有個請求。我——」

美園畏畏縮縮地開口，她的心願卻被一舉施放的眾多煙火，還有今天最響亮的歡呼聲蓋過。我沒聽清楚她在「我」之後說了什麼。

她也知道我沒有聽見，有些沮喪地垂頭。但也只有一瞬間。她馬上抬頭，順勢與坐在左側的我拉近距離。在幾乎肩並肩的距離——其實已經碰到了。我甚至無暇為此感到緊張，美園就把臉靠過來。我知道她這是為了讓我聽見聲音。即使如此，我的目光依舊無法離開那張開的唇瓣。不必說，我的心跳自然開始加速。

「希望你能摸摸我的頭。」

我現在可能是一臉蠢樣。因為實在太好康，還以為自己聽錯了。自從察覺自己喜歡美園，大概過了兩個半月。這段時間一直如此奢望，現在她卻這麼拜託我。

「希望學長能摸摸我的頭。希望學長能誇我『很努力了』。」

美園紅著臉，抬起水潤的雙眸看著我，顯得很認真。就連今天最大的一發煙火聲，聽起來都有點遠。

「妳很努力呢。」

撇除自己的慾望，我本來就打算盡自己所能犒賞她。就算是辦不到的事，也會用盡辦法達成。

我自認已露出最大限度的溫柔笑容，但不知道在美園眼裡，會是什麼模樣？我伸出右手，越過她的背，撫摸她右側的髮絲。

當我碰觸到頭髮的瞬間，她微微顫動雙肩。隨後，她像是對自己這樣的反應感到難為情地笑了，接著放鬆臉部肌肉，瞇起眼睛。

「是的，我很努力。一直希望能從學長口中聽到這句話。」

最喜歡的女孩零距離用這麼熱烈的眼神看著我，感覺得出自己的臉開始發燙。

「頭髮要亂掉了。」

我為了掩飾害羞如此說道，卻捨不得放手。

「沒關係。所以請學長不要停。」

她說完這句話不久，原本並排的肩膀突然多一股重量。她的側馬尾稍稍觸碰到我的脖子，覺得有點癢。

這股重量跟以前把頭靠在我肩上裝睡時不太一樣，今天是整個身體的重量。我的衣服和她的浴衣，我們之間只隔著這兩塊薄薄的布，互相靠著對方的肩膀。能微微感覺到她的體溫，但很神奇的是，我並不覺得亢奮。或許其實情緒有高漲，令人憐愛的感情卻大過一切，塗改了其餘的感情。

「煙火好美。是過去最美的。」

「嗯。」

看到在夜空綻放的無數花朵，我在心中許下強人所難的願望，希望永遠綻放下去。

在大會結束的廣播播放前，我始終沒有挪動自己的右手。更準確地說，即使開始播放，也沒有動。我仗著美園什麼都沒說——雖然也不能一直摸下去——就這麼把手放在她的頭上長達二十分鐘之久。

因為姿勢，我看不見美園的臉。她是有說希望我摸她的頭，可是二十分鐘實在是有點……她會不會這麼抱怨呢？

「啊……」

因為這樣的想像，我倉皇地挪開右手，並和美園保持距離。隨後她靜靜地發出這一聲。聽起來像是覺得有點捨不得，但這大概是我自私的想像吧。

不知道她當時是什麼模樣，不過她馬上從側坐變成跪坐，並慢慢端正自己的姿勢。

「學長，謝謝你願意完成我的任性。」

看到美園一臉認真地稍稍低頭，讓我產生該不會直到剛才為止都在作夢的錯覺。但自己的右手告訴我：並非如此。

「這點小事不用謝。我反而要向妳道歉，摸了這麼久。」

我自以為已經很小心，但她右側的頭髮還是稍微亂了。

「是我拜託學長的，而且重要的是……不，沒什麼。」

美園說著，伸手觸碰右側的頭。明明只是輕輕撫摸有點亂的髮絲，那張有著溫暖色調的臉龐，不知為何卻浮現幸福的笑容。我很好奇她含糊其詞的後半句，到底想說些什麼，但她那抹溫柔的笑容，令我看呆了。

「啊～我們也該走了吧？稍微往下游處走一段路，就有計程車招呼站。」

我說這句話，確實是為了掩飾自己看呆的事實，不過實際上，四周的情侶和一家子都開始收拾了。

「好。」

美園笑嘻嘻地回答後，馬上穿起木屐，並從野餐墊上起身。我們幾乎沒有在這裡吃東西，所以收拾也只需要把野餐墊折好。那真的很快就收拾好了，我把它和寶特瓶放進包包裡，然後站起來。然而我的眼前卻一瞬間暈眩，腳步因此踉蹌。

「牧村學長！」

美園急忙來到我身邊，立刻支撐我的身體。明明讓她擔心了，可是對不起，我覺得很高興。

「抱歉，只是站起來暈眩了一下。因為我昨晚有點睡不著。抱歉，讓妳擔心了。謝謝妳。」

我笑著面對憂心忡忡看著的美園，並告訴她「已經沒事了」，可是她的眼神還是充滿顧慮。

「我沒事啦。」

即使再重申一次，美園的表情依舊苦澀，好像在想些什麼。我居然在最後關頭讓她看到沒用的一面。當我滿懷後悔，有個溫暖又柔軟的東西觸碰了我的左手。

「我下公車的時候，承蒙學長攙扶，所以現在換我扶學長了。」

我訝異地看向自己的左手，結果不出所料，一隻比我小一圈的纖細右手，包覆著我的手。當然了，那隻右手連著美園的右手臂。

「而且要是走散也傷腦筋嘛。」

我受到笑得害羞的美園影響，看了看四周，只見人們回程的隊伍，確實擁擠到可能走散。而且目光所及之處大家都牽著手。情侶自然不必說，帶著孩子的父母也牽著手。那讓我適時萌生勇氣，認為現在牽手是理所當然。

「也對。要是走散就傷腦筋了。」

「沒錯。」

不知道是誰先，又或者是同時，我們都稍稍用了點力氣握緊對方的手。從原地走到計程車招呼站，然後照順序等待上車，大概花了一個小時。這段期間我們依舊牽著手。到了計程車招呼站，其實就沒有必要牽手了，但我們還是沒放手。

「要往哪裡？」

坐上計程車後，我姑且告訴往會場出口前進的司機開到大學附近，到附近之後我再帶路，接著就讓司機自己決定路線了。

計程車沿著道路前進不久，司機好像對我們說了什麼。我沒有聽得很清楚，不過有聽到「男朋友」、「女朋友」這兩個單字。我們看起來像是一對情侶嗎？若是如此，那還真令人高興……總覺得意識不太清楚，有一種很舒服的感覺……

「如果學長累了，到家之前先睡一覺吧。」

啊啊……好溫柔的聲音，喜歡這個聲音勝過任何事物。可是不行，要是睡著了，就得跟這道聲音──

「可是我和妳在一起……」

「請學長不用顧慮我。來吧。」

那雙溫柔的手原本支撐著我的身體，現在卻引導我的頭靠在柔軟的枕頭上。隨後馬上感覺到自己的意識逐漸消融其中。

◇◇◇

她很慶幸自己當初提起勇氣約牧村出來看煙火。現在她的心中滿是幸福的感受，以及對過去的自己的感謝和讚賞。但角落卻留有一絲絲罪惡感。

她和最喜歡的人現在正牽著手。其實以前也有牽過手。就在墜入情網那天，在她因為無聊的嫉妒心而撒謊那天，然後是今天。

每一次都是因為他擔心美園，而下意識採取的行動。可是現在不一樣。現在是美園主動緊緊握住他的手，而不是被拉著走。其實她很想像自己的好朋友和男友牽手一樣，和牧村十指交扣，但實在沒那個勇氣。

他們牽著手稍微走了一段路，然後開始等待搭乘計程車。雙方幾乎沒有對話，然而美園並不在意。

只不過一想到她是藉口擔心──當然也是真的很擔心──牧村走路搖搖晃晃地才會牽手，心裡就覺得有點痛。

「已經晚上十點了啊。」

就美園自己的感覺，她覺得他們沒等多久就搭上計程車了。不過當牧村表示，從他們開始步行算起，已經過了快一個小時，美園不禁嚇了一跳。

計程車的門開啟，牧村先上車，接著用那隻牽著美園的手，溫柔地引導她上車。

「謝謝學長。」

美園笑著回應，就順著最喜歡的人的引導。然而當牧村確認美園上車後，便把手放開了。美園明白這是任性的請求，也說不出口，但她好希望不要放手。也不想放手。

「要往哪裡？」

計程車的門關閉。面對司機的提問，坐在旁邊的牧村回答：「到大學附近。到附近之後我再帶路。」接著司機回答：「好的。」並操作機器，車子就這麼往前。

在車上，牧村坐在駕駛座後方。美園坐在後座靠近中間的地方，心裡想著：其實他可以再往左靠一點啊。他們在看煙火時，距離縮短到零。之後也一直牽著手。因此現在這段距離讓美園感到非常遙遠。

牧村的左手現在隨意放在靠近身體的地方。他並未發現美園的右手已經入侵後座中央的右邊，也就是他的陣地。

「這位男朋友走路一定有風吧？」

計程車從位於河岸的會場出口，來到靠近幹道的地方。當牧村、美園還有四十幾歲的司機之間打發時間的閒聊中斷時，這句話突然迸出來。

「畢竟女朋友這麼可愛嘛。」

這是稱讚容貌的言語。如果是平常，美園回答一句「謝謝」就行了，但對她來說，現在的問題不是這個。

仔細想想，這也很正常。現在的他們就算看起來像一對情侶也不足為奇。這點很令人高興。美園不想糾正。因為一旦糾正，牧村一定會否定。他會為了美園否定，嚴正地否定。

美園也覺得自己這種想法很奇怪。她和牧村並非情侶。而且就像她以前跟志保這個好友說過的一樣，她希望等他們確實兩情相悅再交往。

可是她今天卻拜託牧村摸她的頭，當作之前要求的犒賞。利用聲音正好被煙火聲蓋過，把身體湊到能靠在一起的距離，然後靠著對方讓他摸頭。還附帶一句從半年以前，就想從對方嘴裡聽到的話語。之後的一個小時，他們始終牽著手。所以——

（今天一天就好，我想當他的女朋友啊。）

美園自己最清楚事實不是如此。就算是這樣，唯有此刻，她就是不想聽見自己最喜歡的人說出否定這件事的話語。

但當美園戰戰兢兢等待應該會從牧村口中出現的否定話語，卻始終等不到。別說否定了，牧村什麼都沒說。於是美園畏畏縮縮地看向右側，只見她最喜歡的學長已經半閉眼睛，頭也開始晃動。

「牧村學長？」

美園小聲呼喚，他才慢慢轉頭看她。但他的模樣還是有點恍惚。剛才說過他睡眠不足，大概是很睏吧。

「如果學長累了，到家之前先睡一覺吧。」

美園覺得晃著腦袋的牧村好可愛。如果屏除意外狀況，牧村在美園面前，幾乎都是身為學長的模樣。美園覺得那樣很帥，也很棒。可是這種毫無防備的模樣和睡臉別有風味，卻也令人會心一笑。平常毫無疏漏的他，想必從未在別人面前展現這副模樣吧，一想到這點，美園就開心得不得了。

「可是我和妳在一起……」

牧村在這種狀態下所說的，毫無疑問是真心話。雖然說到一半就停了，但後續一定是令美園開心的話語。這樣的想法，算是想得太美好嗎？因為在一起，所以還不想睡。因為在一起，所以可以安心睡著。這些都是美園自己以前有過的想法。如果牧村這句話的後續是這樣，那就太令人高興了。

「請學長不用顧慮我。來吧。」

美園說完，慢慢將牧村的身體倒向自己。美園以暖暖的內心，盡可能溫柔地支撐他慢慢倒下的身體。如果是平常，絕對不會做這種事。美園讓牧村的頭輕輕躺在自己的大腿上，並摸摸他的臉頰。但他沒有反應。看來是立刻睡著了。

或許是因為在睡眠不足的狀態下，一直繃緊神經吧。美園感到有些愧疚，不過她根本不必思考牧村是為了誰才會繃緊神經。她不可能會不高興。

但話又說回來，照理來說就算他睡著了，美園覺得自己也做不出這種事。但唯有今天，唯有現在，虛偽的自己掌控了她的一切，並告訴她：如果是情侶，應該就能做這種事。牧村的頭髮上留有髮膠，摸起來並不柔順。但就連這點，都讓美園覺得非常憐愛。甚至是腿上的重量都感到舒適。

「男朋友睡著了嗎？」

美園透過後照鏡與開口詢問的司機對上眼。美園剛才完全忘了，她現在才想起是在計程車車內。對她而言，讓人枕著大腿是非常大膽的行為，臉頰因此有些發燙。

「對，他睡著了。」

雖然很害羞也有點遲疑，美園還是沒有移動放在牧村右肩上的手，同時並未否定「男朋友」這個身分。

「我一開始還以為他很有一手。」

司機邊笑邊說：「因為女朋友真的很漂亮。」美園覺得心有點酥癢，回了「謝謝」後，司機又繼續說：

「不過看現在這個情形，應該是反過來才對吧？」

從司機的角度來看，或許會覺得是牧村成功抓到美園的芳心。他們雖然實際上沒有交往，就抓到美園芳心這一點來說，其實很正確。那天之後，他就緊抓著美園的心沒有放開。儘管本人並沒有那個意思也沒有自覺，實在是很悲哀。

「其實也不算是反過來。不過我的確非常喜歡他。」

美園自豪地這麼回答。

所以她下定決心，總有一天，自己也要抓住牧村的心。

◇◇◇

「——學長。牧村學長。」

我感覺到有一股溫柔的聲音伴隨著同樣溫柔的手法，搖晃著身體。原本沉落底部的意識，逐漸往上拉。

「嗚……嗯……」

我慢慢睜開眼睛，發現眼前是深灰色的牆。左側有某種白色的物體，而我的頭部左側緊連著那白色的柔軟物體。同時感覺到上下方向感有點奇怪。

「牧村學長，這樣很癢。」

我稍微移動自己的頭，結果頭部右側傳來一道嘻嘻笑的聲音，讓我一口氣醒了。眼前灰色的牆是計程車的副駕駛座。而左側的白色物體是美園的浴衣。換句話說，我剛才枕在她的大腿上。

「抱歉！」

我硬是拉回瞬間清醒的腦袋，然後急忙離開大腿。笑嘻嘻的美園接著溫柔地說：

「已經到了喔。」

我尷尬地看著美園，但她的臉上始終漾著溫柔的笑意。她那一側的車門已開啟，外面則是我那如今比老家還熟的獨居公寓。

「不行，要到妳家——」

「要是拖太久，會給司機先生添麻煩喔。」

美園笑得有些不懷好意，我差點瞬間看呆，但還是想起一件重要的事。

「啊……好。不對，車錢……」

「若是車錢，你女朋友已經付了喔。」

「女朋——！」

司機若無其事補上的這句話，讓我的頭腦和臉龐開始發燙。

「不——」

「好了，下車吧。」

我本來想急忙否定，美園卻早一步抓住我的手。被那隻柔軟的手緊緊抓著，我的頭腦一下子負荷不堪，已經不明所以了。

美園拉我下車後，向司機道謝，我也被她傳染，糊里糊塗擠出道謝的字眼。我們依舊牽著手。年約四十的司機看我們這樣，笑著揮手後，開車離開了。

「……對了，妳付了多少錢？」

我從右側口袋裡拿出錢包，同時詢問笑著目送計程車離開的美園，結果得到一張曖昧的笑容。

「有什麼關係呢？」

「不能這樣啦。」

「因為你是學長嗎？」

我本想回答「沒錯」，但一看到美園悲傷的視線，就開不了口了。因為我無法自信滿滿地回答「沒錯」也是其中一個理由嗎？我是學長的確也是理由之一，但最大的理由，是因為我喜歡她。

因為喜歡她才特地搭計程車。考慮到等待計程車的人潮，先走路到車站再搭巴士回去，其實時間上差不了多少。但我不想讓腳步不穩的美園走在人群之中。而且還要搭乘想必是人擠人的公車，不可能做這種選擇。

我一句話都說不出口，於是美園吐出一口氣，表情不再消沉，淘氣地笑道：

「而且學長拿不出錢吧？」

我的右手是拿出錢包了，可是要掏錢的左手卻跟笑嘻嘻的美園的右手牽在一起。她的右手多用了一些力道握緊，這樣可能很不識相，但我覺得很愉悅。

「我可不會放手喔。」

「可是美園——」

「就今天。今天一天就好了。拜託學長。」

原本笑容滿面的美園又露出有點悲傷的表情，牽著的手也稍微用力。我不知道「今天就好」的確切意思，不過她以傷心的神情和水潤的眼眸仰望著我的模樣，讓我的心頭一陣刺痛，而不是悸動。

「好啦。」

聽我這麼說，美園臉上的悲傷神色瞬間消散，並笑著向我道謝。

「應該是我要謝謝妳才對吧？」

「沒關係。因為只有今天是特別的。」

「這樣啊。」

「沒錯。那我送學長回家吧。」

反正美園很滿意，就這樣吧——當我帶著苦笑這麼想時，美園拉著我的手，就要登上公寓的階梯。

「妳走錯了。」

我輕輕拉了拉美園的手，讓她停下腳步，對方便以充滿顧慮的眼神看著我。

「學長很累了，今天請你好好休息吧。」

明明和她在一起，卻不小心睡著，這實在令人難以反駁。然而就像美園有無法退讓的事物一樣，我也不打算退讓。我以搖頭顯示自己的意志。

「可是——」

「多虧睡在妳的腿上，我的疲勞已經消除了。」

我有點羞於啟齒，所以睡在腿上的部分降低了音量。美園直到剛才也都沒事，但重新聽我這麼一說，她大概是感到難為情，臉顯得有點紅。

「讓我送妳回家吧。」

「……好，麻煩學長了。」

「美園，妳什麼時候要回老家？」

「我預計後天回去。」

「這樣啊。」

「學長會一直留在這裡，對吧？」

「嗯。可能會當天來回，或者小住一天，不過現在沒有回去的打算。」

因為今天開始就放暑假了，送美園回家的途中，我們順勢聊到回老家和暑假要怎麼過。順帶一提，我的左手現在依舊受到控制。美園覺得我的手要是空出來，就會想付計程車的車資，因此主張到家之前都要牽著，不肯放手。我覺得她好狡猾，不過還是裝作有些傷腦筋，乖乖服從。

「等盂蘭盆節結束，執行委員的活動也會再度展開吧？」

「嗯。要在盛夏作業，所以很熱喔。」

到了八月後半段，就會決定看板之類的設計稿。接下來等著我們的作業，就是要在以前做好事前準備的看板上畫圖，然後著色。為了避免弄髒衣服，要穿著工作人員外套進行作業，這是美園期待已久的活動。儘管工作人員外套很透氣，但畢竟多穿了一件衣服，自然會很熱。

「那就要小心別中暑了。」

「就是說啊。」

「不過怎麼不快點開始呢～」

美園一臉等不及地喃喃說道，那張側臉好可愛。

而且其實我也抱有同樣的想法——怎麼不快點開始？今年暑假，尤其是盂蘭盆節期間，我身邊的人都會回老家，但是我會留在這裡，所以其實很閒。加上美園有兩星期不在這裡。就算她在，我也沒有見面的藉口。即使如此還是覺得這段期間久到會讓我失去知覺。

「總之妳在老家好好休息吧。」

我裝作一派輕鬆說道，藉此掩飾心中的寂寥。

「妳會和花波小姐去哪裡玩嗎？」

「……何必提到姊姊呢？」

「妳們吵架啦？」

見美園的心情有點糟，我開口詢問。結果她尷尬地含糊其詞：「也不是啦……」

「話說回來……」

我隱約感覺到難以介入的氣氛，於是用連自己都覺得很露骨的方式改變話題。

「這件浴衣真美。」

這是一件白底配上五顏六色花朵，顯得楚楚可憐的浴衣。仔細想想，我只有在一開始讚美過她。光是今天一天就已經看呆了好幾次。當我一而再、再而三迷戀上她，每次都有一句想說卻說不出口的話語。

「謝謝學長。」

美園以有些害羞的笑臉回應我。

「不過妳更美。」

我筆直看著她的眼睛，說出真正想告訴她的話語。

「很美。」

「……謝謝學長。」

美園小聲道謝，並別過臉。她的耳朵很紅，而且稍微加快了步行的速度。

即使如此，她還是沒放開我的手。反而感覺得出，她多用了一點力氣握緊。

所以我也多用了一些力道，握緊牽著的左手。

第三章

今天是我和美園去煙火大會後，隔週的星期一，也是她要回老家的日子。我原本想藉口幫她拿行李，送她到車站，所以以此發動攻勢：「要回去兩個星期，感覺行李很多很辛苦耶。」結果她說：「對啊。所以我把大部分的行李都寄回去了。」就這樣慘遭美麗的回擊。雖然站在美園的角度來看，她當然沒有反擊的意思就是了。

「好啦，現在該怎麼辦呢？」

我在八月前半段，也就是沒有文執活動的期間，以兩天一次的頻率安排打工的班。不用打工的日子，我會跟以阿實、渡久這些人為首的朋友，聚在某個地方瞎混，但那也是晚上的事，白天很閒。我散漫地度過早上，下午該做些什麼呢？

「去買書來看算了。」

回想起以前在合作社看到的書，換下居家服後整理好頭髮。雖然跟美園見面的機率是零，就把整理儀容當成習慣也沒什麼不好。

「熱死了……」

我走出開著冷氣的家中，八月中午十二點的高溫，比想像得還要可怕。就連步行五分鐘的路程，都讓我流了點汗，結果冷氣不怎麼強的合作社，卻讓我感到無比涼爽。

現在雖然是暑假期間，第一週為了來參加同好會或社團活動的學生，合作社還是會照常營業。入口附近的食品區約有十個人，而我的目標書籍區整體來說，大概有四、五個人。

我在這樣安靜的店內，拿了一本基因工學的專門書，還有一本同樣是以基因為主題的一般書籍後，決定去看看平時幾乎不會去的小說區。這裡不愧是大學的合作社，並沒有賣漫畫或輕小說類的書籍——好像也有些大學會賣——但最近比較著名的小說，還是有進一些。

在這些書中，有個區塊裝飾著色彩繽紛的ＰＯＰ，自然而然吸引了我的目光。是戀愛小說區。ＰＯＰ寫著「看完也會想談戀愛」，是司空見慣的宣傳標語。這種東西對已經墜入情網的我來說，根本沒有用——結果我買了三本書，然後離開合作社。

「哎呀，是阿牧。」

一出合作社，左邊便傳來有人叫我的聲音。我忍不住把合作社的紙袋藏在身後，這樣的反應簡直就像買了什麼下流的書一樣。當然了，合作社沒賣那種書。

「嗨，渡久，好久不見。」

「也沒多久吧。」

我常去渡久打工的超商，所以最後一次見面，是三天前考試結束那晚。此刻他的左側站著一個皮膚稍嫌黝黑，看起來很活潑的短髮女孩。兩人手牽著手。十指交扣。

「你今天有社團活動嗎？旁邊這位是之前提過的女朋友？」

「對啊。你們第一次見面嗎？」

「連看都是第一次看到。」

我撇了渡久的女朋友一眼，她有些緊張地點頭致意，所以我也一樣，稍微點了個頭回應。

「我來介紹。她叫上橋綾乃。他是跟我一樣隸屬文執的阿牧。」

「我是牧村智貴。請多指教。」

「我是上橋綾乃。請學長多多指教。」

我們再度向對方低頭致意。我看了看上橋學妹，發現她給人的印象和渡久之前炫耀的一樣。美園的身高比平均還要再低一點，而上橋學妹更嬌小，而且有著一張圓臉，看起來人見人愛。

「打擾到你們就不好了，我先走了。」

「嗯。我再聯絡你。」

「好。下次見。上橋學妹也再見。」

「好的，阿幸學長就麻煩學長多照顧了。」

她開朗地再度向我低頭，然後互相道別。她的用詞感覺就像個已經過門的妻子，不過渡久見狀，倒是開心得整張臉都笑傻了。說實話，他這樣的表情，還有兩人十指交扣走進合作社的模樣，都讓我羨慕不已。

回到家後，打開手機的通訊軟體，不斷重複輸入文字再刪除的動作。不惜在這種大熱天中往返合作社獲得的戰果，現在也已提不起幹勁把東西從袋中拿出來了。

『今天好熱啊』、『我去了一趟合作社，結果碰到渡久和他的女朋友』、『我買書了』等等。自己都覺得那又怎樣？美園一定也不知道該怎麼回我。既然如此，本來想乾脆問她到家了沒。但一想到這是我該問的事嗎？就沒招了。

「來睡午覺算了。」

我把手機放在桌上，只把褲子換成居家穿的，開始平常不怎麼進行的午睡。或許是因為有空調的室內非常舒適，也有可能是因為不想思考，我輕輕鬆鬆進入夢鄉。

『我順利回到家了。』

當我發現隨著一個手拿旅行包包的企鵝貼圖傳來的訊息，已經是天色開始轉暗的時候。我喜形於色，決定趕緊回覆訊息。

◇◇◇

隔天要打工。打工很好，因為工作期間不會忸忸怩怩地煩惱，時間也過得比較快。要是能一直打工，區區兩個星期肯定一下子就過去了。

「好想多排點班。」

「可是人手很夠。」

我在休息時，喃喃脫口說出這句話，領班也耳尖聽到了。

「我知道。只是自言自語。」

「幹嘛？你很閒喔？」

「尤其白天閒得發慌。」

晚上已經有約好幾場聚會，可是白天真的很閒。

「你不跟女朋友出去約會嗎？」

「人家回老家了，而且也不是我的女朋友啦。」

領班一臉意外地詢問，當我回答後，她卻傻眼地嘆了口氣。

「幹嘛啦？」

「沒有啊。想說你們一起去看煙火，結果你別說告白，竟然連下次都沒約好。沒出息也要有點限度耶。我心裡是這麼想啦，但還是用嘆氣來表達我什麼都不說的溫柔。」

「妳都說出來了。而且對方都說一到八月就會回老家，我根本沒辦法約吧？」

「不然你有跟那個女生約好，等她回來就出去玩嗎？」

「……沒有。」

「你看吧。」

領班一副「講贏了」的嘴臉，但我也有自己的主張。

「我跟美園會在文執的活動見面啦。」

「哦～她叫美園啊？而且你們會一起準備文化祭。」

「妳聽錯了。」

「現在才裝傻，太遲了。」

我不小心說溜嘴，給了她情報。話雖如此，這個人確實態度輕佻，卻是個界線分得很清楚的人，應該不會大嘴巴告訴我那些會來這家餐廳的朋友。只不過，如果我認識的人來到店裡，她至少會問「美園有在裡面嗎？」就是了。

「可是人家在你們文化祭的準備活動，也不是只會見到你一個人吧？」

「……是啊。」

領班有些認真的話語，刺進我的心頭。

「儘管你們去看煙火了，要是不快點抓住人家，她後來跟別人在一起，也完全不奇怪喔。」

「我會銘記在心。」

我說完，她便滿意地笑著拍拍我的背。有點痛。

「不過呢，你被甩了，對這家店比較有助益就是了。」

「要是被美園甩了，會改去離大學很遠的地方打工。我說真的。」

「那你千萬不能放跑那個女生喔。」

就這樣，沒有美園的暑假過去了。

◇◇◇

今年就要十五歲的君岡乃乃香有兩個姊姊。

大姊花波大她六歲，善於交際，而且好奇心旺盛。她在各方面都有涉獵，但從旁人的角度看，她的勤勉收得恰到好處，活得輕鬆自在。

二姊美園大她四歲，除了不太擅長運動，大部分的事情都辦得到，是她引以為傲的姊姊。和大姊相比，美園的行動範圍較小，但絕對不是說她不善交際，而是為人認真，對任何事情都會努力面對。

乃乃香剛懂事的時候，常常由花波照顧。但六歲的年齡差距，讓她們錯過了彼此的小學生活。因此想當然耳，花波升上國中後，照顧乃乃香的機會減少，二姊美園代勞的機會就變多了。順帶一提，乃乃香一開始還為此鬧過脾氣。花波後來告訴乃乃香此事，她也羞紅著臉，向美園道歉。

「姊姊，姊姊。」

沒過多久，乃乃香就像這樣叫著姊姊，並跟在二姊後面打轉了。無論做什麼事，她都想和美園一樣，因此再度鬧脾氣。面對乃乃香如此，美園從未表露厭惡。她總是很溫柔，就連乃乃香做錯事，依舊溫柔地糾正。後來，乃乃香喜歡這個姊姊，更勝任何一個家人。

美園是乃乃香引以為傲的姊姊。既會念書，以鋼琴為首的各種樂器也是得心應手，行為舉止優美，家事也難不倒她，尤其廚藝還比母親好。

唯一的不滿，就是無論乃乃香說過幾次，美園還是不改樸素的外貌。乃乃香本來就不覺得那樣有損姊姊的魅力，可是難得生得一張可愛的臉蛋，她很想告訴身邊所有人。

結果二姊藉著上大學的機會大幅改變形象，據說是按照大姊的建議。看到姊姊超乎想像的模樣，乃乃香覺得大姊做得棒極了。但另一方面，乃乃香的確老實道出讚美，內心卻也強烈地感到不是滋味。

這個姊姊在暑假要回來兩週。假期有兩個月，她倒是希望美園整個八月都在家裡。不過也只能心不甘情不願地忍耐了。

然而午後歸來的姊姊，好像不太對勁。她平常個性穩重，今天卻坐立不安，靜不下來。偶爾還會拿出手機看看，然後嘆氣。

「姊姊，怎麼啦？」

乃乃香問完，美園笑著回答：「沒有，沒什麼喔。」那抹笑容看似有點落寞。

最關鍵的反應在吃晚餐的時候。他們已在事前決定好，全家人要配合次女回家，一起團聚吃晚餐。主角當然是美園，談話以她為中心，餐桌的氣氛一片和樂。然而突如其來的一道「叮咚」電子音，瞬間搶走了他們的主角。

乃乃香原本以為是花波的手機，但她的料想落空。做出靈敏反應的人是美園。她拿出手機用雙手捧著，開心得臉色為之一亮。忘我地不斷策動手指，一下面有難色，一下又恢復笑容。要是花波做出同樣的事，肯定會挨父親的罵。但這個事態實在太出乎意料，結果父親一句話也沒說。

「是男朋友嗎？」

「才才、才不是！」

母親不顧父親已經定格，悠哉地提問。但乃乃香認為，姊姊的反應已經告訴大家答案。父親僵在原地不動，一旁的母親似乎聽信了姊姊的話，將手放在臉頰，歪著頭說：

「哎呀，是喔。」

◇◇◇

隔天乃乃香和兩位姊姊一起去水族館。昨天在那之後，美園聽到第二聲電子音後，雖然沒有拿出手機，卻明顯坐立難安。晚餐一結束，就馬上回房間了。

花波告訴乃乃香：「她一定很累了，想問什麼，明天再問吧。」即使不情願，乃乃香還是放棄突襲美園的房間，決定如花波所說，今天好好問個清楚。但是一看到姊姊在最愛的企鵝區，兩眼發光地望著水槽，就遲遲無法開口詢問想問的事。

「花姊知道姊姊的男朋友嗎？」

「嗯～我不好說。妳去問本人吧。」

乃乃香別無他法，才會問花波，但得到的答案卻很曖昧。不過聽起來，她們兩人確實共享著祕密，乃乃香還是覺得很沒意思。

「我說，乃乃香。」

當乃乃香噘著嘴看向二姊，美園突然回過頭，有些顧慮地遞出她的手機。

「姊姊，怎麼了嗎？」

「妳可以幫我拍張照嗎？就在水槽前。」

「咦？」

乃乃香對這樣的請求感到很意外。即使看向站在身旁的花波，她也是一臉訝異。美園很喜歡企鵝，每次來到這座水族館，她都會拍攝企鵝的照片。直到剛才為止，也是一直在拍照。但是從以前到現在，她從來不會入鏡。甚至是以前父親拿好相機，要在企鵝水槽前幫她拍照，她也冷漠地回絕，說自己就不必了。

「不行嗎？」

「沒有。沒這種事。」

乃乃香急忙擠出笑臉，接過美園的手機，從她要求的位置拍下有些難為情，而且V字手勢擺得很低調的美園。

「姊姊是怎麼啦？」

「嗯～說變是變了……」

比起姊姊在水槽前吸引了一些人的關注，令乃乃香覺得自豪，她更為姊姊首次展現的舉止感到不安，因此小聲呢喃。花波也知道內幕，即使如此還是非常訝異。

「乃乃香，謝謝妳。我買點東西當回禮吧。」

乃乃香拍完後，將手機還給美園。美園首先檢視照片，接著開心地這麼說，並溫柔地撫摸乃乃香的頭。

「這點小事不用謝啦。」

乃乃香抱著難掩的些許心癢、自豪還有開心的感受，這麼回答她最愛的姊姊。

「姊姊，妳要把剛才的照片給男朋友看嗎？」

回家路上，在花波駕駛的車中，乃乃香下定了決心，如此詢問和她一起坐在後座的美園。

「咦！我……沒有男朋友喔……」

「騙人。因為妳太好懂了。」

見美園明顯心慌，乃乃香判斷那是謊言。姊姊變得這麼漂亮，在大學交到男朋友也不稀奇。父親大概不太能接受，但對乃乃香而言，這是很理所當然的可能性。

「我沒有騙人啊……真的沒有嘛。」

然而美園接下來一臉為難地這麼說，感覺不像是謊言。

「我看妳就說出來吧？」

「嗯～不能告訴爸爸和媽媽喔。」

「嗯，絕對不會說出去。」

花波的聲音從駕駛座傳來，美園也對乃乃香露出溫柔的笑容。

「其實我啊，有個喜歡的人。我真的很喜歡他。」

乃乃香是第一次看到姊姊用這種表情說話。自從她懂事，這十年以上的時間，她一直看著姊姊。即使如此，還是沒看過這種表情。感覺就像看著某種心愛之物，也像回想起某種重要之物那樣。以乃乃香知道的詞彙來表現，就是那種表情。

「所以啦，希望那個人可以看到各種面貌的我。」

說出這句話的姊姊，臉上充滿乃乃香熟悉的穩重笑容。

「他是什麼樣的人？」

乃乃香現在知道姊姊喜歡那個人了，可是這麼有魅力的姊姊居然單戀人家，這讓乃乃香有點……不對，是非常難以原諒。若不是一個非常厲害的人物，我才不會把姊姊讓給你——乃乃香打定主意，發揮百分之百的戀姊情結，然後開口詢問。

「妳想聽嗎！」

然而姊姊的反應比想像中還要好上許多。根本是太好了。此時，乃乃香聽見坐在駕駛座的大姊發出嘆息，透過後照鏡看到的臉，是一副已經受夠的厭煩表情。

「我都叫他牧村學長。他非常忠厚、溫柔，而且帥氣。一直都很溫柔，很紳士喔。啊，不過有時候也有點壞心眼，很可愛喔。不過啊，我還想多看到他不加矯飾的模樣。啊，我跟他第一次見面，是在去年的文化祭。那時候跟他不認識，態度也很差，但他還是對我很親切，也有聽進我的請求。他確實看著我這個人——」

早知道就不問了。

回去的車程約三十分鐘，美園這段時間從邂逅開始說起，根本是在丟閃光彈。乃乃香聽得好後悔。甚至後悔到當她終於看見她們家，實在是倍感思念。

「好了，後續就等吃完飯再說吧。」

乃乃香這天才知道，她的姊姊是那種極其麻煩的女人。同時她也下定決心，絕對、絕對不會再過問姊姊的心上人如何了。

◇◇◇

Love

八月也進入第二個星期，我的暑假卻沒有什麼變化。

只是重複著往返打工的地方和家裡，以及和阿實、渡久喝一杯。滋潤這般日子的東西，就是美園傳來的訊息。當她和花波小姐與妹妹——聽說叫乃乃香——到處逛逛時，都會傳照片給我。

之所以覺得高興，是因為她傳來的多數照片中，都有她的身影。尤其是首次傳來的那張美園在企鵝水槽前，有些害羞地擺出V字手勢的照片，光憑那張照片，就完全消除我打工累積的疲憊了。

『真可愛。』

『我就知道很可愛。很高興學長能明白。』

我回覆的時候故意省略主詞，而她果然沒看懂。當然了，她傳來的其他照片也都很可愛。

但也不完全都是些開心的事。首先，我未來想邀請美園去的地方，已經逐一被擊破了。尤其是水族館這個地方。她喜歡企鵝，我自然比較好開口。但現在要在暑假約她，難度已經提高。不過，敢不敢約又是另外一回事。

第二，我沒有話題能主動傳訊息給美園。傳喝酒的照片也覺得不太好——追根究柢我本來就不太喜歡拍照——所以真的什麼都沒有。今天和明天是連休，不用打工。所以本來打算回老家，就為了製造一些有話題的照片。然而昨天問過母親的結果——

『星期一和星期二爸媽都不在。也沒車可用。』

得到了如此無情的回答，所以我爽快放棄在這種大熱天下，勇猛徒步巡迴觀光地。

因此星期一晚上一收到邀約，我二話不說，馬上衝出去。地點在我這棟公寓的一〇一號室，也就是文執副委員長康太的住處。

「胡了。南一氣通貫（註：此處皆為日本麻將用語），一張寶牌，滿貫。」

我說完，放倒手上的牌。

「你……不要第二就滿足好嗎？好歹先立直吧。」

「我這副牌是有機會逆轉的。又不覺得會自摸。是你不好，最後不該丟七萬。」

來到最後一局，我和第一的康太差了超過一萬三千點。最後一局的莊家是阿實，所以我也無望連莊。光是湊到直擊就能逆轉的手牌，我算是運氣很好了。

「可惡……從頭墊底到尾喔。」

語出怨懟的阿實就坐在我的右側。對面是康太，左側是阿成學長。

「還有五個半莊啊。」

康太和阿成學長原本聚在一起喝酒，後來想要打麻將，於是找了我和阿實當牌咖——這就是來龍去脈。只要現在通宵打牌，明天白天就能睡到底，對我來說是很有幫助的邀約。

「好想要一張全自動麻將桌喔。」

「你現在是叫我買嗎?你以為那東西多少錢啊?」

我們洗牌發出喀喀聲響,這樣確實很麻煩,所以明白阿實為什麼會這麼說。我曾經去過麻將館一次,全自動麻將桌真的很方便。

「好啦,如果要悠哉打牌,手動也不錯啊。來,下一場。」

阿成學長說得沒錯,我們就是悠哉打麻將。朋友間打牌,大概都是這樣。在閒聊之間,沒有什麼緊張感地打牌。輸了不甘心,贏了很開心,大概就是如此。

我們打到第四個半莊時,時間來到凌晨十二點。大家都喝了酒,所以打法已經沒那麼講究。順帶一提,現在我是第二名,可是最後一名和第一名之間,也只差了隨時可能逆轉的點數。

「對了,牧牧啊。」

東三局二本場,目前由我當莊家連莊。直到剛才為止我們都是聊些不重要的話題,例如考試考得怎麼樣?什麼時候回老家?盂蘭盆節過後,馬上就要開始文化祭作業了耶,而且還有合宿。但這時候康太改變了話題。

「嗯？」

「煙火大會你是跟誰去的啊？」

「碰！」

我碰了康太邊問邊丟出的南。本來沒有鳴牌的打算，而是想湊將牌，所以這下子沒有役了。我往左看，只見阿成學長輕輕搖頭，表示與他無關。

「我本來是知道個大概，但剛才看了阿成學長的反應，完全懂了。」

康太輕笑著拿起桌上的啤酒就往嘴裡灌。

「咦？什麼？阿牧跟女生去看煙火嗎？」

阿實從牌山摸牌，感覺有點心急的輪流看著我和阿成學長。另一方面，我則是真真切切地慌了。

「真的嗎？喂，阿牧，我們是哥兒們吧？像這種好玩……重要的事，你要說啊。」

「沒有，我不是……」

我努力想蒙混過關，可是說起來，為什麼康太會知道啊？即使思索，還是得不到答案。手足無措時，輪到我摸牌了。

「我家不是可以清楚看到外面的路嗎？然後我在煙火大會那天晚上，大概是十一點之前吧？」

康太完全不管我的心情，對著阿實繼續說：

「想說開一下窗戶，結果看到計程車正好停在公寓前。我看了一下，想知道是誰，結果有個穿著浴衣的女孩子，牽著牧牧的手走下車。」

「那才不是牽手咧。」

「好，胡了。純全帶么九，三色，一張寶牌。一萬兩千六百點。」

我畢竟已經沒有役，本來想下莊，但因為他們談話的內容，我想都沒想就把摸來的牌給丟了。這等於是給可能已經聽牌的下家阿實一張危險牌。

「幹嘛幹嘛？你未免也太慌了吧？」

阿實開始激我，我則是別開視線，結果發現阿成學長正以欣慰的目光看著我。我們又沒有進展，所以真希望他不要用那種眼神看我。

「所以對方是……考慮到阿牧的活動範圍，再加上康太也認識的話，就是文執裡的人吧？那不就只有一個嗎？」

「也有可能不是吧？」

「你從剛才開始就一直在自掘墳墓，冷靜一點啦。」

阿實輕拍我的肩，釋出瞭然於心的眼神。不知道為什麼，坐在左側的阿成學長也做出同樣的舉動。

「我距離太遠了。」

坐在對面的康太這麼說，露出苦笑。但就算我們坐得很近，我的左右雙肩也都已經客滿。

「所以咧？你們什麼時候交往的？」

因為康太這麼問，眾人的視線集中到我身上。阿成學長明明就知道我們沒有交往。

「我們沒有交往啦。快點開始東四局吧。」

我盡可能說得輕描淡寫並開始洗牌，卻沒人理我。

「反正先暫停一下，來聊感情生活吧。你說你們沒交往是騙人的吧？」

「才不是咧。」

「阿成學長，你都知道吧？」

「因為我和他們一起走去會場啊。」

因為康太先對阿成學長提問，阿實也覺得與其問我，問阿成學長比較快，於是趁此機會把發問對象改為阿成學長。

「你們怎麼會一起去？」

「志保提的。她說牧牧和美園應該都是第一次去煙火大會。」

她完全沒考慮到我去年去過的可能性。

「噢～那抵達會場之後呢？」

「不知道。因為我們在會場分開了。志保有問過美園，但美園也不告訴她。」

說到這裡，他們三個人的視線全集中到我身上。

「結果怎樣？」

「你做了什麼不可告人的事嗎？」

「說出來會比較好過喔。」

他們異口同聲這麼說，我也覺得與其沉默，不如揭開自己的醜態。因此決定說出在最後關頭的失敗談。

「我沒做什麼啦，只看完煙火就回來了。下計程車的時候也是，因為我睡著了，她才扶我下車。」

「你在約會中睡著？」

「太扯了。」

雖然那不是約會，我也覺得自己很扯。

「反正就是這樣——」

「然後結果你們沒在交往？」

我本來想結束話題，阿實卻以正常的表情詢問，沒有想取笑我的意思。

「我們沒交往。我是說真的。」

「既然你這麼說，我就信了。可是啊……」

這下他們已經明白我確實沒說謊，但阿實和康太臉上的表情，感覺還不太能接受。

「好啦，我也明白你們的心情啦。現在就先默默守著他吧。好嗎？」

「阿成學長……」

「反正他總有一天會下定決心告白啦。」

「阿成學長！」

真想拜託他不要讓自己的信用這麼忽高忽低。

「要不要我們幫你？」

阿實和康太看著我，態度很認真。他們有這份心，我確實很高興。可是——

「不了。你們的好意，我心領了。」

「為什麼不要？」

拒絕朋友純粹的好意，讓我覺得有點尷尬。不敢看他們的臉，只好低頭看麻將桌。

「因為我都是她的學長了。而且還同組。所以說什麼都不想有逼迫她的感覺。就算她要甩掉我，要是有愈多人牽扯其中，她……美園就會愈尷尬。我絕對不想這樣。」

所以——當我說到這裡，抬頭想在最後道謝並道歉時，卻看到阿實和康太傻眼地看著我。

「你根本完全愛上人家了。聽得我都不好意思。」

「他這樣啊，美園可有苦頭吃了。」

在我的想像中，話題走向應該會是「我明白你的意思了，我們會私下替你加油，好好努力吧」才對。但他們的反應完全不是這樣。我看向阿成學長那邊求助，結果他的表情果然跟其他兩人一樣，就這麼看著我。

到頭來我們打了六個半莊，始終受到他們嘲弄的我，成績是差距明顯的最後一名。

◇◇◇

聽美園說過，她從老家回到這裡，是在八月的第三個星期二。也就是說，她有十五天不在這裡。但我不知道她什麼時候從家裡出發，也不知道抵達這裡的時間，所以正確說起來，其實有誤差。

這十五天已經過去九天。也就是過去一半了。但未來這幾天，朋友們都要回老家，所以我必須獨自度過。剩下六天裡有四天，一天要打工八個小時——加上一個小時的休息，等於被綁在店裡九個小時——接著睡覺、吃飯、洗澡、做家事，這些所用的時間估多一點，算十二個小時好了，那就代表要獨自打發的時間，總共有三十六個小時。我開始覺得自己沒問題——

——結果完全是想太多。因為實在太閒，我玩起閉著眼睛數六百秒的遊戲。但一睜開眼睛，卻發現只過了四百秒，實在驚愕不已。或是一直盯著手錶的秒針轉二十圈，但也只過去二十分鐘，我因此很是惱火。

這個星期六、日，我完全靠著美園傳來的訊息度過，毫無疑問是人生中最長的六日了。就算跟剛上大學、沒有任何朋友的時候相比，還是長了許多。

『我回來了。又要麻煩學長多照顧了。』

午後傳來的訊息中，一如往常附著企鵝貼圖——今天企鵝揮著手。

『歡迎回來。妳如果有空，要不要一起吃晚餐？』

假如是平常，為了不讓她覺得我拚了命在等她的訊息，會小心不要馬上將訊息變成已讀。但唯有今天，我在十秒內馬上打開訊息，然後在三十秒內做出回覆。然而，雖然我的訊息也立刻已讀了，美園卻遲遲沒有回音。

『不好意思。姊姊和妹妹都來了，我們約好要一起吃晚餐。真的很不好意思。』

『了解。那就沒辦法了，妳不用放在心上。』

看到這則沒有企鵝的訊息，我含淚如此回答，然後吐出大大一口氣往床上倒。

「嗚噁！」

我的肺受到壓迫後，發出奇怪的聲音，然後開始咳嗽。這時手機又收到訊息。

『如果學長有空，明天可以嗎？我中午和晚上都有空。』

『抱歉，我明天早上到晚上要打工。』

我知道這樣很自私，但美園不在的期間，我是那麼想要排班，現在卻覺得很可恨。不過她主動提出替代方案，令我很感激也很高興。現在重新往回看自己的第一則訊息，發現我竟率直地約她吃飯，簡直不像自己傳的。很慶幸自己沒有退縮。

常聽人家說，見不到面的時間才會孕育愛情云云。我們明明不是情侶，我卻明白這種感受。誠如我現在是如此想見美園。甚至已經到了無可救藥的地步。

◇◇◇

到了星期五，有文執的全體會議。到時候就能見面了。多虧美園回到這裡，一想到能見面，時間的流逝便很神奇地和平常一樣。要是沒有可恨的打工就能和她一起吃飯的今天，我也心平氣和地上工了。

過了午餐時段，餐廳裡有許多客人都是中午留下來的。不過大部分都是悠閒坐著，所以沒什麼點餐要求。就在我想乾脆回到內場工作時，正好有客人上門。

我的呼吸不禁停止。這兩個星期一直見不著面的女孩子來了。她一邊四處張望，一邊跟著帶位的服務生。唯有今天，我可以往自己臉上貼金，認為她是來見我的嗎？

雖然我正在工作，視線卻無法移動。美園的頭髮長回原本的長度，她以前有這麼可愛嗎？那一頭深棕色的秀髮，只有髮尾稍微往內捲，無論是大大的眼眸、高挺筆直的鼻子，還是明明到了夏天卻完全沒有日曬痕跡的白皙肌膚，都跟記憶中的她一樣啊。

我入迷地一直看著她，因此想當然耳，視線就這麼和尋找我的她對上。對方立刻露出笑容，點頭致意，我也慌慌張張地點頭回應，然後躲進內場。臉上的肌肉已經不聽指揮了。

「拜託不要在工作中擺出這麼噁心的表情啊。」

領班嘆了口氣，從內場探出頭，看了看餐廳內。

「順便問一下，她就是美園？」

「對。」

「超——可愛的耶。幫我介紹一下，我想跟她交往。」

「妳開什麼玩笑。」

「如果你這麼想，就去幫她點單啊。」

領班拍了我的背說道，我低頭道謝後回到外場。這時，美園正好打開菜單。有個同事在美園那桌附近亂晃，好像是想幫她點餐。你別想得逞。

我本來想利用熟人這個優勢，在美園按下服務鈴之前先去跟她說話，因此往她的桌子前進。結果她正好抬起頭，我們便對上眼了。

「牧村學長。」

看到那張笑瞇瞇的表情，還有呼喚我的聲音，自己的臉部肌肉立刻放鬆。因此我咬著舌頭，硬是繃緊臉部肌肉。

「美園，歡迎啊。」

我一呼喚她的名字，她就開心地笑了。接著有些害羞地開口：

「我過來了。」

看到那副模樣，我又不得不咬緊自己的舌頭。

「總、總之我就在附近，想好要點什麼之後，就叫我吧。」

「不用，我已經決定好了。」

美園說完用手指著菜單說：「我要這個。」我看看菜單，然後輸入手持點餐機中。

「妳真的很喜歡草莓呢。」

「沒錯！」

美園點的是有草莓等莓果類的鬆餅。這很有她的風格，我不禁會心一笑。

「牧村學長會替我送餐嗎？」

「嗯，會由我拿過來喔。」

照理來說，這是無法斷定的事，但我毫不猶豫先回答了。

「那我等你喔。」

我決定要跟內場強調這桌是我的熟人，東西做好了一定要叫我。可不能說謊欺騙這張笑容啊。

「學長今天的班到幾點？你之前說是到晚上。」

「到晚上八點喔。」

當我依約送上鬆餅，並把帳單放在桌上時，美園開口呼喚。聽到我的回答後，她稍微思索一下，然後說了一句：「我知道了。」

雖然非常不捨，既然餐點已經送上，我也不能在這裡久留。儘管工作沒有多忙碌，還是必須分清楚最基本的公私關係。再說，我也不想讓美園以為我是公私不分的男人。

「那妳慢坐。」

「好。謝謝學長。」

我稍稍行了個禮，離開美園的桌子。之後便一直往來外場和內場做事。這段期間頻繁和美園對上視線。被她發現我時不時偷瞄她是很羞恥，即使如此還是忍不住看向她。

不知道確切時間是什麼時候，下午三點時美園已經不在餐廳裡了。沒能目送她離開確實遺憾，但我見到她，還說到話。作為下次見面前的活力，很充足了。

我能撐到星期五再次見面了。本來是這麼想，沒想到下次見面的機會馬上就來了。

「美園？」

我換好衣服，晚上八點十分離開餐廳。此時在餐廳前方看到的人物，是我絕對不會看錯的女孩子。

「美園。」

我急忙跑過去，並出聲呼喚。美園隨即以明亮的表情看向我。

「牧村學長。」

「難道妳在這裡等我？」

「沒有。我今天有先回家一趟。」

我憂心地詢問，美園則是苦笑著否定。我這才放下心來，卻馬上有另一層憂心，令我抬起頭來。

「那妳在這麼暗的天色裡，自己走過來？如果找我有事，只要說一聲，我回程就會繞去妳家了啊。」

雖然以路線來說會繞點遠路，但就方向來說，美園家就在打工的餐廳到我家之間。實在不想讓她一個人走在太陽已經下山一個小時後的路上。

「我一想到就過來了。」

但美園有些為難地嘿嘿笑著。她的模樣太可愛，而我實在太開心，結果一句話也說不出口。

我簡直樂昏頭了，不過美園似乎是想拿土產給我。若是這樣，她可以事先傳訊息跟我確認下班時間——雖然不想讓她一個人走夜路——再過來就好了啊。當我這麼問，她卻柔和地笑說：「這麼說也對耶。」對我來說，見面次數增加，結果萬萬歲就是了。

順帶一提當我想收下土產時，美園卻說機會難得，要我去她家做客，不知怎麼的，就是不肯把土產交給我。但繞去她家，於我而言倒是比較令人感激，我也就恭敬不如從命。不過因為我哪裡都沒去，沒有土產能給她。能拿到禮物很高興，也覺得有點愧疚。

「請進。」

「打擾了。」

「好的，歡迎學長。」

美園笑瞇瞇地打開玄關，讓我進家門。她今天看起來心情始終很好。來到這裡的路途中，她甩手的幅度都比平常大。而我對她的手可說是在意得不得了。儘管當時都是基於情勢，但我們已經牽過一次……不對，是牽過兩次手，導致我現在必須拚命壓抑還想跟她牽手的慾望。

「請穿拖鞋。」

因為這道聲音，我甩了甩頭拋開邪念，然後看向美園，只見她彎著腰幫我拿了一雙室內拖鞋來。我先說自己絕對沒看見，但這種姿勢和裙子誘導視線的能力實在太高了。使得我只能再度甩頭。

「怎麼了嗎？」

「沒事……想說之前沒有拖鞋。」

「啊，這個嗎？」

我提起這件事，似乎讓她很開心，因此笑著拿起室內拖鞋給我看。她拿給我穿的是黑底拖鞋，美園手上的則是白底，上頭都隱約畫有白色和黑色的企鵝輪廓。

「是我之前買的。」

「水族館嗎？」

「對。」

美園家裡的地板是木製地板，不過客廳有鋪地毯。自己一個人住外面，還準備室內拖鞋，讓我覺得很稀奇。而且事實上，美園以前就沒有穿。

「樣式雖然簡單，這種設計很棒耶。」

「謝謝學長。我對它一見鍾情，就買下來了。」

我看著美園開心地闡述購買時的經過，穿上這雙室內拖鞋。但這兩雙拖鞋看起來是成對的商品，總覺得心有點癢，感覺好像我們住在一起。

「牧村學長，你還沒吃飯吧？」

「啊……嗯。」

我又在思考多餘的事，然而這次沒有甩頭就回答了。美園微笑後，帶我來到餐廳的餐桌旁，接著綁好頭髮並仔細洗手。

「我這就準備料理，請學長稍等一下。」

「不了，太麻煩妳了，不用啦。而且我在工作期間有吃員工餐，本來就打算只吃一點東西。」

「那我就做一點小菜。」

「不，我……」

「我要做喔。」

「……好，麻煩妳了。」

「請包在我身上。」

待會兒還要接收她的土產，所以本來想說再怎麼厚臉皮，也不該讓她下廚。但到頭來，我還是妥協了。畢竟在心情與味覺上，都想吃美園親手煮的料理，所以名為客氣的高牆轉瞬間就倒毀了。

美園看著這樣的我滿意地笑著，並打開冰箱，補充說：「其實我早有準備。」

「三明治？」

「對。吐司已經切好，料也備好了，所以很快就好嘍。」

「真是謝謝妳。」

「學長想吃什麼料？」

「可以交給妳決定嗎？」

「好，就交給我決定。」

配料有萵苣、小黃瓜、番茄等蔬菜類。雞蛋有兩種，分別是做成泥狀的，也有留下水煮蛋形狀的。另外還有鮪魚美乃滋和火腿。她準備了很多足以做出普通三明治的各種材料。

說實話，我全部都想吃，但肚子實在沒那麼多空間。交給她搭配推薦食材，一定才是最好的結果。我抱著這個想法，看著以俐落的手法製作三明治的美園背影。

如果和她同居，就會是這種感覺吧——我繼續剛才的妄想，因此沒有即時發現，逐一做好的三明治很明顯已經太多了。

「就算妳也要吃，這也太多了吧？」

「咦？我剛才吃過了喔。」

美園回過頭，訝異地歪著頭。因此我問她：「呃……難道那些都是我的？」只見美園以有些不安的表情，戰戰兢兢開口：

「我想說如果學長不嫌棄，可以當成明天的早餐。給你添麻煩了嗎？」

「不會，完全不會。這跟麻煩差遠了。謝謝妳。」

「那我就多做一些喔。」

「拜託妳了。」

我原本只是害怕，難得她做東西給我吃，量卻多到不得不剩下，那該怎麼辦？既然她連明天的早餐都幫我做了，那實在很感激。愧疚之情自然還是有，但我覺得很感激，更感到歡欣。

「那請學長先吃做好的份吧。」

「謝謝妳。看起來真好吃。」

我對著呵呵笑著的美園說：「我不客氣了。」就這麼從夾著萵苣、火腿和小黃瓜的三明治開始吃起。

「真好吃。」

將正方形的吐司對切成等腰直角三角形的三明治實在非常好吃。市面上賣的，或是以前我自己做的根本無法比擬。都是夾著火腿和蔬菜的三明治，為什麼會差這麼多呢？

「我有加鹽或酒醋調味過。學長還喜歡嗎？」

美園端出冰紅茶提問，我則是點頭回應，並說聲謝謝。她看了隨即露出笑臉。

我後來吃鮪魚美乃滋和雞蛋口味，真的都太好吃了，即使迅速用光我一開始的胃袋空間，還是繼續吃了不少。雖然有些難受，卻完全不後悔。而美園只是坐在我對面，一句話都不說，笑瞇瞇地看著我。

「謝謝妳的招待。」

「粗茶淡飯，不用客氣。我把剩下的三明治裝在保鮮盒裡，給學長帶回去喔。」

「真的很謝謝妳。一想到明天早上也能吃這個，都快開心死了。」

我以前好像也有過同樣的想法。但這次真的不能怪我老調重彈。味道當然是令人期待，但就算不說味道，還是開心得不能自已。

「學長能這麼說，我也很高興。」

美園在眼前合掌，如她所說，開心地笑著。

「啊，趁我還記得，先把土產給學長。」

美園遞出一個以藍色為基底的紙袋，上頭印著Q版的虎鯨圖樣。她提心吊膽地遞到我面前，並說：「希望合乎學長的喜好……」

「謝謝妳，我很高興喔。」

我盡可能表現出內心的喜悅，然後收下紙袋。接著詢問能不能打開看看，美園緊張地輕輕點頭。我看了看比想像中還重的袋中物，發現裡面是裝著點心的矮罐、馬克杯，以及一組西式餐具。

美園一臉很想問「覺得如何？」的樣子，我也笑著對她點頭後，她這才放心地吐出一口氣，然後露出笑容。

「我一回家就馬上拿來用。」

以前我送美園禮物時也是非常緊張。現在立場反過來，她看起來也有些緊張。我認為那是她多少有把我放在心上的證明，所以非常高興。

「好，請學長一定要用。」

美園給了我一張滿臉洋溢著喜悅的容顏，太可愛了。或許是因為在煙火大會那天和她有了肢體接觸，後來又有好長一段時間沒見面，我不覺得今天有辦法順利遮掩自己的感情。再這樣下去，用不了多久就會露出破綻。

「對了……」

「什麼事？」

好想就這樣，永遠看著她——我拚了老命驅離這樣的慾望。

「妳好像去了很多地方玩呢。謝謝妳傳照片給我看。」

要改變話題是無所謂，但一想起那些照片，我會忍不住傻笑，所以又咬緊舌頭。我的舌頭已經開始痛了。

「可是……」

當我一改變話題，美園卻有些不開心地嘟嘴。

「學長都沒有傳訊息給我。」

「咦……」

「我明明傳了那麼多則訊息。你是有回覆我啦……」

這不是鬧彆扭般的表情，是真的在鬧彆扭。

「啊～因為我什麼地方都沒去，想說沒什麼好傳的。要是跟妳說，我去打工啦、去喝酒啦、打了麻將之類的，妳也很困擾吧？」

「才不會。」

她秒答。

「呃……這樣的話，只有一些無聊的事喔，妳要聽嗎？」

「要。我想聽。請說給我聽。」

美園瞬間恢復好心情，以期待的眼神看著我。但就算她很期待，我也真的只有些無趣的話題，實在有點傷腦筋。

「那就先說說我去合作社碰到的事吧——」

我隱瞞自己買了戀愛小說，還有打麻將時的部分談話，說出真的枯燥無味的日常生活和聚會。即使是如此無趣的話題，美園依舊從頭帶著笑臉聽到最後。

第四章

今天是八月的第三個星期五。雖然現在是暑假期間，文執展開了大約兩個月沒舉辦的全體會議。由於下週二、三是以合宿為名的旅行，有許多回老家的人都回來了。話雖如此，現在畢竟還是暑假，參加會議的人比上學期還要少。這也在預料之內。

往年暑假第一次召開的會議，都會在可容納三十人——坐得擠一點頂多四十人左右——的委員會辦公室裡舉行。理由是學校直到盂蘭盆節結束的那週為止，都不能借用其他教室。但就算這樣，每年來開會的人還是坐不滿這個辦公室。

但今年參加的人數意外地——尤其光算一年級生，就有將近三十個人——很多，因此以二年級男生為主，有部分的人是站著開會。在全體會議開始前，美園、康太、長瀨身邊就圍著一群人，我猜原因應該就是他們。但只覺得他們還是一樣很猛。

「喂，你要選哪個？」

阿實在旁邊跟我一起站著，他一邊看手機一邊小聲問我。他並沒有偷懶，我和其他委員們也都看著手機。順帶一提，渡久這次正好和游泳社的集訓撞期，所以沒有出席。

至於我們在看什麼？其實是在盂蘭盆節前截止的，文化祭看板和舞台背板的設計案募集網頁。每個組別大概都有十個左右的設計案，但因為第一舞台的背板是文化祭最搶眼的一個項目，數量自然是其他組別的兩倍。也許是因為我們今年推出的ＬＯＧＯ，每一組的設計案都以和風居多。

聽說以前會把所有設計案印出來討論，但這麼多人，又要用彩色印刷，實在是難以負荷，才改成各自用手機檢視。

「這玩意兒必須登入帳號，有夠麻煩。投票到什麼時候？」

「後天啦。我已經結束了。」

「早洩啊。」

「並不是好嗎？」

萬一這話被美園聽見，我該怎麼處置他呢？偷偷看向美園，她正和坐在旁邊的志保沉浸於設計案中。我打從心底鬆了一口氣。

我和阿實剛才討論的話題，是為了正式採用已經結束募集的設計案，所以要進行投票。其實每個人都可以閱覽設計案，但如果要投票，就必須登入連接校內網路的頁面。換句話說，只有在校生才能投票。聽說一開始執行網路投票時，並未設置得如此嚴密，所以曾被當成玩具。

順帶一提，哪個人投票給哪一個設計案，或是現在總共有多少票，都無法從外部得知。尤其是前者，即使是文執的人也必須詢問系統工程部門才行。

「話說回來，這東西一旦定下來就要開始忙了。」

阿實停止點閱手機，有些認真地吐出一口氣。一旦決定好設計稿，就會開始製作海報。海報不只會貼在校內，也會貼在附近店家裡。要表演的團體也會在這時開始募集，到時文化祭的氣氛就會向文執以外的地方擴散。

「要開始好玩了。」

「是啊。」

阿實的表情與他的話語相反，是一臉苦笑，我也回給他一抹苦笑。畢竟活動會開始有趣是毋庸置疑，但痛苦也會同時增加。即使如此，還是樂趣大於痛苦，所以我們才會在這裡。

今天展演企畫部幾乎沒討論什麼，打個招呼就解散了。小組會議也幾乎無話可說，只是有出席的小組成員聚在一起聊天。我們組別也是一樣。

「這是謝禮，謝謝你們平時的照顧。」

如此說道的美園把土產袋交給香和雄一。

「哦，謝啦。」

「謝謝妳。這是老家那邊的土產？」

「對。雖然不是什麼大不了的東西。」

兩人異口同聲詢問能否打開之後，開袋取出的東西是金屬製的書籤。香拿到的是海豚的模樣，而雄一的應該是虎鯨吧。兩人雙雙表示讚賞，美園則是害羞地自謙。

「嗯？沒有牧牧學長的份嗎？」

「我已經拿到了。」

雄一見我只是看著他們，這麼詢問美園。但我在她開口前搶先回答。接著雄一看了看我，又看了看美園，最後看著香，兩人互相點頭。

「好了，我要先走了。美園，謝謝妳。」

「我也要先走啦。」

他們兩人這麼說完，就迅速離開了。

「他們是怎樣啊？」

我這麼對美園拋出話題，她卻只是低著頭，小聲嘟囔：「不知道耶。」

「妳怎麼——」

「美園～我們回家吧～」

正好在我開口想確認她有無異狀時，志保靠了過來。

「嗯？妳怎麼啦？牧牧學長幹了什麼好事嗎？」

「最好是啦。」

美園因為志保的聲音，抖動了一下雙肩，然後抬起頭。志保看見美園的神色，故意對我投以懷疑的視線。至少自己絕對沒有做出美園不喜歡的事喔。

「沒有，沒什麼啦。妳已經可以走了嗎？」

「嗯，隨時都行喔。」

志保憂心地仔細端詳美園，美園則是笑著回應她。隨後志保一臉得意地面向我，然後開口：

「我今天可以住在美園家喔。羨慕吧？」

「是喔。」

我不會說出口，但超級羨慕。而且我也無法在美園面前撒謊，說自己不羨慕，只好隨便回答。結果美園不知道為什麼，直盯著我瞧。

「學長下次也要住下來嗎？」

我無法回答接收到的這個問題。前陣子說過不行吧？見我定格在原地，美園解除認真的臉龐，調皮地笑著。

「開玩笑的啦。好了，我們走吧。」

說完，她以輕快的步伐往共同G棟的出口走去。我和志保見狀也急忙跟上。

「嚇死我了～」

「志保。」

我和志保四目相交，看來她也一樣很驚訝。以前美園也曾若無其事地說出這種話，但她現在和當時的觀念已經不一樣了。實在沒想到會再度從她的口中聽到這句話。

「她心情是不是很好啊？居然會開那種玩笑。」

「那算是玩笑嗎……不過心情是真的很好啦。」

志保帶著苦笑說道：

「從我今天來這裡之前，先去她家找她的時候就是這樣了。她打從一開始，心情就很好。」

「有發生什麼好事嗎？」

「應該是看到好久不見的我吧？」

志保半開玩笑地說，我卻嗤之以鼻。

「這樣的話，還有一個可能是，妳誇獎了她的拖鞋吧？」

「總覺得好火大，不過拖鞋是什麼？」

我也半開玩笑地說，志保卻一臉不解。本來是想開她玩笑，想說跟見到她相比，有人誇自己一見鍾情買的拖鞋，美園應該會更開心。

「咦？就拖鞋啊。美園家有室內拖鞋吧？」

「我沒看到耶。」

美園家裡的地板有部分是木製的，有部分是鋪地毯。難道她後來覺得要穿穿脫脫很麻煩嗎？她明明那麼喜歡那雙室內拖鞋。我懷著有些想不透的心情，追上美園的腳步。

「就是下個星期了啊。」

「嗯，好期待喔。」

美園和志保並排走在我的前方，談論著以合宿為名的旅行。要是三個人並排走，就會擠出車道，所以自然是我走在後面。這是三人同行常會發生的事，而且美園時不時會回過頭，所以並不寂寞。

「學長是司機組對吧？」

「嗯，對啊。」

「真是辛苦呢。」

「體力上來說是這樣沒錯，不過心情上沒什麼負擔喔。」

「是這樣嗎？」

我們合宿會去租車，然後以車輛為單位前往旅館。所有參加成員只會在旅館見面。去程和回程都以車輛為單位行動，所以觀光路線都不一樣。

司機可以把決定地點和炒熱車內氣氛的工作交給同車乘客，對我來說樂得輕鬆。只要聽從嚮導的指示，開車往前就行了。這是一個很消極的理由，我不會說出口就是了。

「要到當天才會知道跟誰一起搭車，對吧？」

「嗯。去程是當天早上抽籤決定，回程是到旅館後再抽一次籤。」

「九分之一啊……」

車有九輛，所以正如美園不安低喃的一樣，和哪個人同車的機率是九分之一。參加人數總共四十三人。二年級生十八人，一年級生二十五人。這些人會分成九輛車，一起前往旅館。司機全是二年級生，然後再各分配一個二年級生到這九輛車上。再來就是一年級生了。分別有七部車會載三個一年級生，另外兩部載兩個人。

「這下籤運很重要呢。」

「但也有一個用意是，藉這個機會認識不熟的人啊。」

每個人都想和感情好的人坐同一車，不過這是為了秋天即將到來的文化祭，增強彼此的團結性，所以其實也有它的道理啦。

「牧牧學長的真心話是什麼？」

「希望是好聊天的人坐上我的車。」

我是說真的。就算當司機再怎麼輕鬆，如果車上的人彼此都沒說過幾句話，那就很難熬了。倘若二年級的乘客是其他部門的女生，一年級也全是其他部門，我等於是沒戲唱了。而且就機率而言，這種事很有可能發生。

「那假如我或美園和學長同車，學長會開心嗎？」

「開心啊。」

就算很難看，我還是立刻回答。而且如果是和美園同車，我會加倍開心。

「我也是！我想搭牧村學長的車！」

美園害羞地這麼說。看她那副彷彿會把手舉起來的氣勢，我在覺得欣慰的同時，心裡也升起一股暖意。就算是場面話，光聽到她這麼說，就覺得即使不同車也能努力了。不過若能同車，我一定會更努力就是了。

「那就得努力抽籤了。」

「嗯！」

我身為理工人，很想否定這種說法，但希望她能加油抽一支好籤。

在古典物理學中，擲骰子時如果一切條件全部相同，就這麼反覆執行，結果擲出來的點數都會相同。換言之，說得極端一點，只要練習就可以控制骰子的點數。

但看不見內容的抽籤，憑人類的努力，有可能影響其結果嗎？

◇◇◇

「牧牧學長，請多關照了。」

「好，請多關照。」

文執合宿當天，大學前的馬路上停著九輛車。現在時間是早上七點四十分，若是平日的這個時段，幾乎不會有車經過，也不會擋到鄰居。我們比全體集合時間早一個小時把車子借來，基於方便將它們命名為一～九號車，而我開的是七號車。

除了司機，所有人都要去合宿負責人手上拿的一年級生專用和二年級生專用的籤筒抽籤，然後前往籤上寫的號碼車輛。

「學長的興致會不會太低啦？」

「因為我很早起，還想睡。」

我在七號車旁等著乘客到來時，雄一甩著寫有「七」的籤紙來到這裡。我了無生趣地和他說幾句話後，打開後車廂。

「其他人還沒來嗎？」

「你是第一個來我這裡的人喔。」

「這樣啊。不知道會有誰耶。」

按照過來報到的順序抽籤，然後前往自己的車輛，就某個層面來說是令人期待的環節。但對我來說，最期待的部分已經結束了。因為比雄一稍早來報到的美園，已經拿著寫有「一」的籤紙走過七號車了。

美園以遺憾的表情說她還不夠努力，回程抽籤時會更努力，並做出小小的加油動作替自己鼓足幹勁。結果雖然非常遺憾，但她的模樣超級可愛。

「幸好是雄一來我這車。」

「哦，怎麼啦？這樣我會很害羞耶。」

雄一抓著頭表示就算誇他，也沒有什麼好處。但於我而言，有個可以輕鬆聊天的對象，已是萬幸。而且如果是他，一定可以帶動車內的氣氛。

美園不在固然很遺憾，不過我可以積極地想，我們行經路徑不同，這下子可以和她分享行進間的趣聞。一這麼想，樂趣也就變多了。

「只要能去玻璃工房，剩下的我沒意見。」

若葉坐在副駕駛座，把旅館——也就是隔壁縣的導覽手冊交給後座說道。

「牧牧呢？」

「我沒什麼要求，所以你們決定目的地再告訴我。反正我先開到第一個休息站。」

八點過後，我們從大學前的馬路出發，現在正朝高速公路的交流道前進。按照我去年的記憶，距離應該是車程十五分鐘左右。

「如果你們想去超商，記得說一聲喔。上高速公路前會經過。」

坐在七號車上的人是二年級的岩佐若葉，一年級的小泉雄一、長瀨匠、島田彰三個男人。巧的是，都是我有說過話的人。

三個一年級生看著若葉交給他們的導覽手冊或是手機，不斷討論著。大家都不是在地人，所以也想看看縣內的某些地方吧。

車子裡放著若葉編排過的兜風用音樂，現在這首曲子是我也有聽過的著名歌曲。若葉正用手機查事情，後座的三個人也忙著挑候選地點。假如我不是司機，或許會覺得有些尷尬，不過只要當個專心開車的司機，果然很輕鬆。

現在對學生來說是暑假，對普通人來說卻是普通的平日。前往高速公路交流道的路上，除了路上的紅綠燈，沒有任何阻礙，車子流暢地行駛著。從大學附近恬靜的景色來到市區，穿過市區後景色又會趨於寂寥，到時候交流道就近在眼前了。

「總之先往瀑布去。」

「收到。」

上了高速公路五分鐘後，雄一代表後座的三個人對我發聲。我看著後照鏡回答，和島田對上眼，他卻立刻錯開視線。與一個男人對上眼也沒什麼好高興的，所以我不在意，但總覺得他從剛才開始就頻頻偷看我。

「那要來個自我介紹嗎？」

「要嗎？」

總之目的地——除了休息站——已經決定，若葉突然回頭這麼說。接著雄一興致勃勃地從後座中間的位子，探頭到前面來。

「那人家先開始。」

若葉一在興頭上，第一人稱就會變成「人家」。她首先打頭陣，開始自我介紹。對我來說，那都是已知的情報。我還知道她剛才沒提及的男朋友叫什麼名字，是大我們一屆的老學長。

「——就這些了，有問題沒？」

「有！學姊有男朋友嗎？」

正當我這麼想，若葉的自我介紹一結束，雄一立刻發問。

「若葉學姊應該會有吧。」

「哦，匠，你很上道喔～」

因為長瀨的吹捧，若葉心情大好，說出她的男朋友是老學長後，自我介紹跳過我這個司機，輪到一年級生。

島田、雄一、長瀨依序逐一自我介紹，我也得知他們的系所、主修科目和在文執裡的部門組別等情報。島田是委員會企畫部的活動企畫組，長瀨和他同屬委員會企畫部，不過是舞台企畫組。聽說長瀨會在今年文化祭的開場活動上台。他身材高挑，長相也端正，肯定很上相。

「匠有女朋友沒？」

「等……若葉學姊，妳剛才就沒問我們。」

最後一個自我介紹的長瀨說完後，若葉立刻提出問題，但因為她沒問島田和雄一這個問題，引來雄一猛烈的吐槽。

「因為你們沒啊，不是嗎？」

然後又立刻被擊落。他和躺著也中槍的島田都被逼得啞口無言。長瀨見車內氣氛如此，在苦笑之中開口：

「我沒有啦。」

他完全不需要在開頭或結尾加上「現在」兩個字。因為無論誰聽到，都明白他說的是現在沒有，而且也不必在這種時候死要面子。然而──

「不過我有個在意的女生呢。」

他接著輕描淡寫地拋出這句話，讓坐在我旁邊的若葉發出「哦哦」的讚嘆聲，我則是心跳瞬間加速。

「誰啊？誰啊？」

若葉的興致和我的心跳相同，一口氣攀升。她回過頭催促長瀨，要他快點招出來。另一方面，我卻連透過後照鏡確認後方都沒做。正確來說，應該是不敢看。車速錶顯示的數值沒有變化，但我的體感速度卻覺得慢很多。

「就當成之後的樂趣吧。牧村學長還沒自我介紹耶。」

「叫他牧牧就行了啦。」

妳少多嘴。要這麼叫我是無所謂，但好歹讓我自己說啊。

「好啦，再來輪到牧牧了。請。」

「不要講得很像流水作業好嗎？」

說是這麼說，但與其在遭到故弄玄虛之後，我再接著自我介紹，這種隨便的態度反而比較輕鬆，也幫了大忙。

「好吧，我在開車，所以就簡單介紹。我叫──」

我的介紹如我所說，一下子就結束了。接下來感覺會提出我不太想聽的問題，所以是不是應該多說點話比較好啊？但自己也沒有什麼話題可講，實在是無可奈何。他們能不能問隨便一點的問題啊？

「可以請問學長問題嗎？」

坐在駕駛座後方的島田彷彿洞悉我的心聲，出聲這麼詢問。

「可以喲。」

所以說，妳少多嘴。想歸想，她能居中協調我和沒說過幾句話的學弟，說實話是幫了大忙。

「那麼……」

我看不到後座是什麼模樣，但隱約感覺得到一股難以啟齒的氛圍，讓我不得不繃緊身體。

「講真的，學長和君岡同學是什麼關係？」

畢竟有剛才長瀨的先例，所以我多少有點心理準備，即使這個話題來到自己身上，也意外地冷靜。

「喂，之前不是跟你說過了嗎？」

不知道為什麼，雄一顯得很心慌。旁邊的若葉也沒看著我，而是看著後座。

「因為就算問你也講不清楚啊。」

「可是我都說了——」

「其實我也想問學長。」

「那人家也想聽。」

長瀨參戰之後，若葉也跟著起鬨。把以前那件事還有剛才的話題連在一起思考，我猜得應該沒有錯。現在總算有辦法確認後座的情形，但除了不知道為什麼一臉慌張的雄一，包含若葉的所有人都盯著我看。

「就是同組的學妹啊。」

我盡可能不表露情感，低聲說道。她很重要，是我最喜歡的人。但我並未做這樣的補充。只感覺得到握著方向盤的手更用力了。

「那我可以追她吧？」

如果要我說實話，討厭得要死。堅決希望他放棄。我好想開口說出來。長瀨若無其事地這麼說，結果引來島田抗議：「喂，你偷跑。」但總覺得他們的爭執離我好遠。

「我又沒有立場說三道四。」

沒錯，我沒有。就單戀這一點來說，我和這兩個人沒有不同。根本沒有資格說「你們不准追」這種打從心底想說出來的話。

「需要人家幫忙牽線嗎？」

拜託別鬧——我的心中正掀起由這句話組成的風暴。

「若葉學姊！」

「幹嘛？雄一也想追美園？」

「不是啦，只是……」

我一直誤會了。以前應該不是這樣的。隨著我們一起相處，隨著自己被美園吸引，我的狂妄就慢慢增加。開始以為喜歡美園、陪在美園身邊，就連對她產生好感，都是專屬於我的權利。這真是天大的自以為是。

「那若葉學姊，可以麻煩妳幫忙嗎？」

「啊，我也要。也麻煩學姊幫我。」

「咦～兩個人喔～人家考慮考慮。」

我現在深切明白，「只要繼續相處，總有一天會……」這種天真到家的想法，根本是在胡鬧。但是很丟臉的，我自己一個人竟無法察覺這麼理所當然的事。

「好熱喔……」

溫度計顯示外面的氣溫幾乎要到三十度，而且我們現在還是在柏油路上的停車場。下了車的若葉會這麼埋怨，也是無可奈何。

「若葉學姊，好啦。沿路都有樹蔭，而且走到瀑布那邊就涼爽了喔。」

「就是啊。我們走吧。」

「也好啦……」

話說回來，長瀨和若葉站在一起，身高差顯得很驚人。應該差了將近四十公分吧。島田站在長瀨的另一邊，中間夾著若葉。他的身高和我差不多，所以他和若葉之間差了三十公分左右。這會讓人聯想到被抓住的外星人。

如果是平常，我就會輕笑出來，但現在實在是笑不出來。我不想聽見他們三個人在聊些什麼，所以盡可能遠離他們。

「奇怪？」

我看著前面的三人組，忽然發現少了一個人。回過頭，看到雄一在離我稍遠的地方講電話。

「牧牧？」

「天氣這麼熱，你們先走吧。我等雄一，然後跟他一起去。」

「知道了～」

因為我們沒跟上，若葉才回過頭查看。於是我拿雄一當擋箭牌，要他們先走。奪走了能和同年級朋友一起散步的機會，對雄一實在過意不去。但我會做點什麼補償他，就原諒我吧。

「不好意思，讓學長等我。」

「我反而……沒事，別在意。我看他們覺得很熱，就叫他們先走了，抱歉啊。」

「不不不，是去講電話的我不好。」

「是急事嗎？」

雄一講完電話後追上我的腳步，現在表情有點尷尬，抓著頭說：「沒有啦……」

「其實我是想求助香學姊……」

「幫你？幫什麼？」

意思是我靠不住嗎？這樣很傷心耶。

「這個嘛……是祕密。」

「……那解決了嗎？」

「暫時解決了。她說『反正是一劑猛藥，別管了』。」

我完全聽不懂一臉尷尬的雄一在說些什麼。但介入他跟別人商量的事也不好，所以只說了一句「這樣啊」，便決定追上前面三個人的腳步。

上午去看的瀑布，規模比想像中——說到瀑布，就會讓人首先聯想到像尼加拉大瀑布那樣宏偉的瀑布——還要小。不過水從圓弧狀的寬廣懸崖上，細細往下涓流的模樣非常美麗。我看了看解說板，才知道流瀉至瀑布水潭的水，原本大多都是自然湧出的山泉水。這也是為什麼水流平緩，附近比想像中更涼快的原因。

我靠近水潭邊放眼望去，發現感覺不只前方，左右兩邊也被瀑布流水包圍，內心好像稍微冷靜下來了。我想和她一起欣賞這幅景色，所以拍了好幾張照片。以前沒有拍照的習慣，所以拍出來的成品也不算很好，即使如此還是想拿給她看。

多虧心情成功冷靜下來，我覺得自己在車上應該變回平常的模樣了。追根究柢，他們三人沒有提到美園，才是讓我情緒獲得穩定的主因。

由於我們在第一個目的地停留的時間太久，原本預定進入隔壁縣再吃午餐，結果改在縣內吃。旅館的晚餐時間是晚上六點開始，因此全車的人一致同意不要太晚吃午餐。

「接下來左轉。」

「收到。」

車子開進隔壁縣後，又開了一段路，第二個目的地也就近了。我把導航系統的聲音關掉，所以是由若葉指路。但實際上她常常聊天聊到忘我，好幾次忘記告訴我路徑，因此我也要不時檢視導航畫面才行。不過這次的目的地是她想去的玻璃工房，所以她有乖乖指路。

「就先去做玻璃珠吧。」

如我們在車上決定好的，若葉說完，領著我們所有人敲了敲位於湖畔的工房。我們將一邊接受說明與指導，一邊製作玻璃珠，接著還要經過冷卻，所以總共會花一小時三十分鐘。這跟若葉在事前說的一樣。

「首先請選擇基底顏色。」

說明結束後，便由玻璃工房的指導員來教我們製作。若要用極度簡單的方式來解釋玻璃珠，其實就像開了一個洞的彈珠。確切來說，應該不是這樣，但到底哪裡不一樣，我就不清楚了。而且總覺得很失禮，也不敢問指導員。

這次的體驗會用兩種玻璃製作基底和花紋。我聽到之後，毫不猶豫就決定了基底和花紋要用什麼顏色。首先用噴火槍將基底顏色的玻璃棒燒熔，將熔液纏繞在芯棒上，變成球形。指導員說這個過程可以重做，所以不用擔心。

「學長好專心喔。」

我知道這對出聲的人很沒禮貌，但我現在沒有餘力回答。

我已經來到不容許失敗的花紋製作。我選擇透明度高的藍色玻璃，燒熔後在選來當基底的透明玻璃上畫出花紋。為了畫出與想像如出一轍的花紋，我小心謹慎地用描繪花紋的玻璃棒，慢慢觸及基底玻璃球。可不能畫壞了。

冷卻需要一個小時的時間，這段時間我們就在湖畔兜風，然後回去領取成品。我做的玻璃珠和裝飾在工房裡的那些模樣複雜的玻璃珠相比，簡直就是小兒科。但我以海洋為形象，在透明玻璃上描繪出藍色波浪，進而做出這顆玻璃珠，已經很滿足。

正確說來，是我把美園的形象投射到這顆玻璃珠上了。看著玻璃珠一會兒，然後在工房請他們幫忙穿線，吊在我的手機殼上。

「呼……真美。」

回到車上，坐在我旁邊的若葉一臉陶醉地看著自己做的玻璃珠。她以自己的名字為主題，在透明的基底上畫著很像葉子的綠色花紋。

我們說好要在下午五點前抵達旅館，不過照這樣子看來，大概下午四點過後就會到了。反正也不是每一組都會在最後關頭才抵達，應該不至於會在那裡閒得發慌。

「若葉學姊，妳沒忘記剛才約好的事吧？」

坐在後座的島田出聲呼喚已經看不見周圍的若葉。他用認真的語氣，說出「約好的事」，只帶給我不祥的預感。

「哦～安啦安啦。包在人家身上。」

「萬事拜託耶……」

若葉的回答除了輕佻，還是輕佻。不過看她姑且還記得，島田也只好心有不甘地再提醒一聲，然後作罷。

「你們約好什麼？」

說真的，我心中只有不祥的預感。只能預見會迸出我不想聽的話語的未來，但與其不問，放著讓事情發生，問清楚要好得多。

「我拜託若葉學姊，在今天宴會的時候，幫我製造和美園說話的機會。」

回答問題的人不在我的旁邊，而是後面。

「原來是這樣啊。」

我假裝平靜，其實心裡慌得很。我覺得自己已經恢復冷靜，其實只是視而不見。一旦事實擺在眼前，還是忍不住心亂如麻。

我們抵達旅館的時間是下午四點〇七分。

現在時間是四點十五分，我跟同車的人謊稱自己有點累，要在車上休息，集合時間之前會進去。就這麼自己一個人待在七號車上。

雖然這對地球環境和油錢不友善，我還是保持引擎運轉。如果沒有冷氣，八月的天空根本不允許人在車上沉思。

我把玻璃珠從手機上拿下來，把它擋在太陽前，光受到折射後，顯得閃閃發亮。很漂亮。不只是光線本身美麗，就連玻璃珠中的意象也很美。

相反的，看看現在的自己，實在是非常沒出息。無論是用什麼形式，學弟們都抱著自己的情意付諸行動了。我氣的是，明明對他們的行動感到嫉妒，卻還是毫無作為的自己。真的是——

當我緊握照著太陽的玻璃珠，有人輕輕敲了副駕駛座的窗戶。

「美園……」

美園帶著微笑站在那裡，她指著副駕駛座的窗戶並且開口。是在叫我打開嗎？我以為那是自己自私的妄想，反應因此慢了一拍，還是急忙解除門鎖。

「我可以坐在學長旁邊嗎？」

美園開門後，小心翼翼地問我。現在冷靜地思考，她叫我打開的應該是車窗吧。察覺自己帶有希望她上車的強烈想法，於是抱著羞恥的心，向她點了點頭。

「那就打擾了。我好像有東西忘在車上，所以跟仁學長借了車鑰匙要回來拿，結果就看到學長了。」

如此說道的美園走上車，接著害羞地說：「我過來了。」

「謝謝妳。」

我自然而然道謝，卻不知道為了什麼道謝。我想美園一定也不懂，但她還是溫柔地微笑。

「好漂亮喔。」

「這個嗎？」

那顆小小的海洋滾落在飲料架上。我抓著繩子將它拿起，然後直接交給美園。她伸出雙手恭敬地接過，然後用手帕擦拭自己碰過的表面。

「對。看起來好像海洋，而且閃閃發亮，非常漂亮。」

接著她抓著繩子，像剛才的我一樣舉起在太陽下照著。

「妳能這麼說，那我努力製作就值得了。」

「這是學長做的嗎？」

「對啊。」

美園有些訝異地看過來，而我說不出這是以她為意象所做的東西，只能別開視線。

「牧村學長，難道你身體不舒服嗎？」

「沒有，我沒有不舒服啊。」

我的身體沒有不適。這句話不是謊言，但美園輕輕把玻璃珠放回飲料架後，直盯著我看。

「騙人。學長比平常還要沒精神。」

她一這麼說，我便無言以對。美園來了，我很高興，也自認裝得跟平常沒兩樣。可是那三個人剛才所說的話，再加上我因為此事感覺到自己有多沒用，這樣的情緒成了精神上的束縛，將我綁在這個地方。

「請。」

「嗯？」

美園出聲的同時，她的手也跟著進入我對著前擋風玻璃的視野。我轉過頭，只見她伸長雙手，像是要接納我一樣。

「請。」

我看不懂她想要做什麼，只能一直盯著她。接著美園嘟起嘴，以稍嫌強硬的語氣，再重複一次。還用左手拍打自己的大腿。她穿著比膝蓋稍短的裙子，從裙中伸出的大腿非常美。

「難道是……要我躺在妳的腿上？」

「對。學長上次躺的時候，說過疲勞消除了，對吧？」

美園帶著些許羞赧和信心，說了一聲：「來吧。」再度伸出雙手。說實話我很想照做。手煞車在我腳邊，所以只要把扶手立起來，一切就準備就緒了。

即使如此，要是現在心存依賴，我怕又會萌生致命的自以為是。我又會覺得能像這樣接觸美園的溫柔，是專屬於我的權利。

「我的頭上有髮膠，還是算了吧。」

「我不會在意呀。」

「我會。」

「我不會。」

我萬分悲痛地拒絕，但美園與我四目相交，微笑說著：「我們意見分歧了耶。」那副模樣實在滑稽，我忍不住笑了。雖然沒有笑得很大聲，但就是笑了。

美園一臉不服地問：「為什麼要笑？」她的表情依舊很可愛。光是這樣，直到剛才還盤踞在身上，令我動彈不得的感覺，竟完全消失無蹤。

「不是，謝謝妳。我沒事了。」

我忍著笑意向她道謝，並告知身體已恢復，結果美園還是一臉不服地靠近我的臉。那對形狀姣好的眉毛稍稍聳立，瞇起的大大眼眸也直盯著我看。

我也同樣看著這樣的美園，視線自然相交。她發出一聲「啊」，然後匆匆忙忙遠離我的臉，並順勢別過臉。

「的確……看起來已經沒事了。」

「看得出來嗎？」

美園斷斷續續地說，我則是開口詢問。只見她「呼」的一聲吐出氣息，然後轉頭看過來。

「看得出來喔。」

美園溫柔地瞇眼，她的表情染上了溫暖的色彩。

「啊，已經這麼晚了啊。」

「該走了吧。」

美園看了看手錶，以意外的語氣這麼說。我們單獨談話已過了約三十分鐘，集合時間就要到了。

我們後來配合照片，互相分享今天去了哪裡。美園看著我拍的拙劣照片，開心地央求我分享。對我來說，美園雙眼發亮地分享照片，我也想聽更多有關湖畔主題樂園的事——可以當作以後邀她出遊的參考地點——但時間已經到了。

「啊，對了。我幫妳把鑰匙還給仁吧。」

「咦？」

下車前，我對著美園攤開手掌並這麼說，她卻一臉不解。接著思索了一下，發出「啊！」的一聲。

「那個！不用了。我自己還就好。這樣太麻煩學長了。」

「反正我跟他同寢，妳不用在意啦。」

九位司機中，有七個人都是二年級男生，而且我們都住同一間房。司機隔天也要開車，為了防止我們被拉入酒席，結果睡眠不足，規定其他人禁止造訪司機的房間。當然了，倒是沒有限制司機去其他房間。

順帶一提，其他兩名司機是女生。男生禁止造訪女生的房間，如果姊妹淘要聚會，可以在沒有司機的房間舉行。所以就某種程度來說，我們都能靜下心來休息。

「不了。那個……我自己拿去還。畢竟也要跟人家道謝。」

「是喔？妳真講禮數。」

「不，沒有這種事……」

美園不知為何一臉愧疚。

「怎麼啦？」

「沒有，沒什麼。沒時間了，我們趕快走吧。」

說時遲那時快，美園立刻打開車門快步往前走。

「等一下！我還沒把行李拿下車啊！」

我把行李放在司機房，然後跟阿實說：「我要散步到晚餐時間。」便前往中庭。阿實則說：「我累了要先睡覺，以備晚上喝酒。」他把坐墊當成枕頭，然後躺在榻榻米上目送我離開。

儘管是溫泉旅館的中庭，這麼說可能很失禮，不過一群學生住的便宜旅館中，根本無法期待會有在電視上看到的日式庭園。即使如此，我也只是想獨自思考一些事，才會來到中庭。只有小石子和樹木的靜謐中庭，對我而言剛剛好。

我借了涼鞋，邊走邊思考過往和未來。和美園相遇之後，過了大約四個月。應該說「才」過了四個月？還是「已經」過了四個月？我覺得兩者都不太恰當。畢竟這麼短的時間內發生了很多事，我們一起擁有的時間，甚至已經讓我忘卻獨自一人時的自己是什麼模樣。

每踏出一步，腳下的小石子便會互相摩擦，發出細小的喀喀聲。我想起煙火大會之後，我們手牽著手走在河川邊的情景，左手頓時有種失落感。當時，美園的身旁是我的位置。

覺得那裡會永遠屬於我，的確太自以為是了。然而想要讓那裡永遠屬於我，應該就不是自我感覺良好。

所以我必須為此付諸行動。但是如果告白，結果遭到拒絕呢？與其失去現在這段時光，不如把希望寄託在未來。我一定是這麼想的吧。

但是我錯了。在那樣的未來實現之前，也可能先被他人奪走。愚蠢如我，居然忘記這麼理所當然的道理。

我害怕被拒絕。光是想像美園以為難的表情向我道歉，就快哭出來了。被甩之後，我們還是會在同一個組別做事，我就不必說了，她一定也會覺得尷尬。即使如此，光是想像自己什麼都不做，讓別人占據她身邊的位置，我就無法忍受。

「告白啊……」

說句沒出息的話，光是說出這兩個字，我就怕死了。明明是為了下定決心告白，才會來這裡，結果不僅下不了決心，甚至什麼時候、要怎麼告白，都壓根兒無法思考。

晚餐從晚上六點開始，以預算來說，自然沒有當地特產，而是很普通的日式料理。雖然也要看明天會跟誰一組行動，不過我中午想吃吃看這裡的特產。

「我們七點有借用這裡的宴會廳，大家記得在七點前到場喔。」

在差不多有人吃完飯時，委員長仁的聲音響徹整個廳室。已經訂好宴會廳租借的時間，拖得愈晚，喝酒的時間就會愈少，所以大家都乖乖地應好。

晚上六點五十分，我和阿實一起進入宴會廳後，早一步到的志保對阿實招手，喊著「這邊這邊」，所以想當然耳，我也跟過去坐在美園旁邊。

「嗨。」

「學長辛苦了。在宴會開始之前，會先看一份活動報告，對吧？」

「因為我們是以合宿的名義來的嘛。」

我不管一旁阿實和志保的對話，隨意舉手「嗨」了一聲，美園也露出微笑，輕輕對我點頭致意。阿實似乎都看在眼裡，他用手肘輕戳我的腰。

「再來會抽籤，決定明天的分組吧？」

「噢，對啊。」

美園有些緊張地問，我也緊張地回答。晚餐後，司機組已經抽過籤，決定自己的車要坐幾個人。我的七號車會有兩個一年級生。這比來的時候更沒機會載到美園，所以其實很鬱悶。

「學長果然沒什麼精神。」

「我都說沒那回事了。」

「是這樣嗎？」

美園憂心地說，同時指了指自己的大腿，然後微微歪頭。

「妳……在這裡這麼做，我也會傷腦筋好嗎？」

「說得也是呢。」

我壓抑著因為心慌，而差點發出的怪聲，努力佯裝冷靜。相較之下，美園卻調皮地呵呵笑著。萬一在這種地方撲上美園的大腿，那我就是個瘋癲的性騷擾加害者，就各種層面來說，一定都會完蛋。

我是有一種慾望，想看看美園在所有人面前，把大腿借我躺的害羞模樣，但再怎麼想，也無法用剩下的學生生活去交換。

「這位太太，好像有人在這裡卿卿我我耶。」

「哎呀，死相。年輕真好～」

「我們才沒有卿卿我我。還有，你的假音很噁。」

一旁的兩個人跳出來打岔，我只好小聲抗議。不過多虧他們，才實現了我想看害羞的美園的慾望。

「第一舞台的背板，最後是我也有投票的方案當選了喔。」

「是這個紅葉的圖案啊？我選的全部落空了。」

為了保有合宿的名目，發到我們手上的文件，是經由投票選出的文化祭看板和舞台背板的彩色印刷圖。投票的時候因為數量太多，要各自到網頁上檢視。不過最終樣式就能印在一張紙上，因此可以按照人數印刷。順帶一提，下週開始公布在文執網頁上。今天是先給自己人看的第一手消息。

「我投的其中一個看板有選上。」

「我是投第二舞台和第三舞台的背板。」

阿實和志保投的項目也被選上了，只有我全部槓龜。其實這並不等於沒品味，但我就是不甘心。

「好了，有人有什麼意見要說嗎～？」

仁大聲詢問，但沒有任何人發聲。已經決定好的事，不管說什麼都沒用了，而且要是拖太久，就會消耗掉接下來的時間。如果有致命性的問題，那倒是另當別論，不過不會有人故意和所有人作對。

「那就到此結束。接下來要決定明天的組別，司機以外的人來前面抽籤吧。」

大概有一半的人因為這句話站起來。只有司機和想等會兒再抽的人還坐著。志保

——意外的是美園也氣勢十足地站起來。

「那我們去抽啦～」

「我會加油。」

志保一派輕鬆，美園相較之下顯得緊張。她們排在一年級生專用的籤筒那排隊伍。

「能同車就好了。」

「……是啊。」

阿實將手放在我的肩上，我也用真心話回答。

司機不用抽籤，所以無事可做。當我看著所有人發呆時，美園和志保回來了。她們兩人的表情還是那個樣子，美園繃著臉，志保一派輕鬆。

「我們都還沒看裡面是幾號。」

志保這麼對我和阿實解釋，然後看了看身旁的美園，嘴裡唸著：「一、二……」隨後她們以我們也看得見的角度，同時打開籤紙。我看到數字「七」。但那是志保手中的籤紙。美園則是盯著寫有「五」的籤紙猛看。

「牧牧學長，幹嘛露出那種槓龜的表情啊。很沒禮貌耶。」

志保看著我，滿臉憤慨。然而我並不是覺得槓龜，而是沒抽到大獎有點傷心罷了。

「……沒有啦，抱歉。」

「就算你乖乖道歉也不行。」

不然妳要我怎樣啊？

「美園坐我的車啊？」

「啊，就……是啊。請學長……多多關照。」

一旁的阿實感覺有點尷尬，有一瞬間看著我這麼說。美園也有些生硬地低頭致意。這個動作感覺沒了平常的美感。

也許是因為旅行帶來的解放感，一開始安安靜靜的宴會，三十分鐘後，已經比平常的聚會還要熱鬧了。

抽完籤後，我們馬上開始宴會。大概是因為那個約定，若葉很快就來到我們這裡。若葉和阿實、志保同組，跟美園也有交情，所以即使是知道內幕的我，也覺得她來得很自然。

若葉來到我們這裡不久後，把長瀨和島田叫來，說他們今天在車上約好要一起喝酒——順帶一提，同車的雄一不在——就這麼實現和他們之間的約定。

但對長瀨和島田而言，這段約好的時間並沒有持續多久。周圍的人想必也在觀察形式，逐漸聚集到這裡來，如今形成一個有將近半數的人參與的集團。

「那樣好嗎？」

我就像被這個不斷壯大的集團擠出去，站到牆邊。阿實從裡頭走出來，一臉擔憂地對我說。

「也沒什麼好不好的，那又不是我可以控制的。」

美園在那個大集團中開心地和旁人聊著。志保也在她身邊，旁邊的人都是女生。當我不經意看見她也和男人說話，便會湧出小小的嫉妒，但已經感覺不到幾近恐懼的焦躁。希望她千萬小心酒精就是了。

「也是啦。」

阿實露出苦笑，一口喝下紙杯中的飲料，然後以「可是啊」為開端，繼續說：

「你未免也太乾脆就被人擠出來了吧？再加把勁啊。」

「反正已經變成有男有女的集團了，志保也在，美園也不為難啊。」

「拜託，我說的不是這個……而是你甘願這樣嗎？」

「……你真是個好人耶。」

當我把心中所想訴諸言語，阿實則為了掩飾害羞，半惱火地說：「不用捧我啦。」

「如果問我甘不甘願，那當然不甘願。不過這也算一種對我自己的交代啦。」

「啥？」

那兩個學弟明白地說出他們想追美園。我卻無法像他們那樣。所以其實只要我想，或許能把美園帶離這裡，但那樣不公平。

那個集團規模那麼大，他們也沒辦法付諸行動。這也是讓我如此冷靜的一大原因，即使如此——

「因為我在她面前，還是想要帥、裝瀟灑啊。」

「我說你喔——」

阿實無奈地搖搖頭，然後說：

「你果然跟渡久一個樣。你絕對會變成讓人看不下去的人。應該說，我已經看不下去了。」

渡久在文執活動正式開始的秋季前，會把重點放在游泳社，所以沒有來。現在阿實提及他，我才發現他真的是個讓人不忍直視的人。

「我最近啊，看到渡久和阿成學長就覺得好羨慕。你說我是不是很不妙？」

「連阿成學長也羨慕喔……你根本病入膏肓。」

阿實說完，吐出一口氣說他無法奉陪後，就到其他圈子找樂子了。

我目送阿實離去，接著將視線橫移，隨即和人群中的美園對上眼。並不是想看她才看。當我發現自己已經下意識追著她的身影跑，就這麼看著她苦笑。美園則是帶著害羞和喜悅笑了。

◇◇◇

我們的合宿是兩天一夜，所以第二天會在回程路上順便觀光。來的時候是全員集合後再出發，不過回程會在抵達大學後，整車直接解散。如果是住在縣內的人，也可以在回程途中先下車回家。

「拜託，我不可能自己在半途下車啦。」

只要在回程路上稍微繞一點遠路，就能送志保回家，所以我問她要不要這麼做。結果她否決得理所當然。回程的車上除了我，全是女孩子。不過二年級生是會計負責人，算是聊得來的對象。而一年級中有志保，不會發生我所擔心的事。

「那再來就剩把志保送到車站了。」

「也可以讓我在公車站下車喔。不過就算這麼說，學長還是會送我去車站吧？謝謝學長。」

我們抵達大學附近時，已經是晚上八點左右了。在吃午餐前，都在隔壁縣觀光。下午之後才回到縣內的觀光景點。

我把其他兩人送到住家附近，車子上只剩下從老家通學的志保。順帶一提，二年級的會計負責人下車後，志保就挪到副駕駛座了。

「妳有想去哪裡嗎？」

車子行駛在學生公寓密集的狹窄道路上，我朝幹道前進，並詢問志保。

「不用了。我現在沒有立刻要買的東西，而且到了車站不愁買不到東西啊。」

「了解。」

車子繼續行駛了幾分鐘後，來到較寬廣的道路上，志保也開始觀望四周。

「方向是不是錯啦？」

「我的確是往車站的方向開喔。」

「嗯～？這邊不是往海邊嗎？你看。」

志保指著導航的地圖糾正。我原本就想看她什麼時候會發現，沒想到挺慢的。這樣特地開進麻煩的小路也有價值了。

「我說了，要送妳去車站啊。」

「車站在反方向啊。」

「妳說的是哪個車站？」

「那當然……牧牧學長，你該不會要送我回我家那邊的車站？」

「是啊。」

車子正好因為紅綠燈停下，我開口說道並操作導航，設定離志保老家最近的車站。

「我會送妳到方便的地方，確切的地點就麻煩帶路了。」

「不用啦，這樣太麻煩學長了。」

志保難得真的很愧疚地慌了手腳。挺有趣的。雖然這不是我原本的目的，光是能看到她這樣的反應，這一路就送得有價值了。

「不用放在心上啦，反正我很閒。」

「我的確是很在意學長的行程啦。不過這樣會浪費油錢吧？」

每輛車已經在事前拿到油錢、高速公路的過路費，還有如果要停車，也有停車費等費用。之後只要把剩下的錢還回去就好了。

「就算往返，頂多也就五、六百圓，這點小錢就當成司機的特權吧。我們開車沒錢拿耶。」

「咦～學長不是說樂得輕鬆嗎？」

「那是第二個特權。」

我大大方方地這麼說完，志保輕輕吐出一口氣，死心似的笑了。

「那我就心懷感激來當共犯吧。」

聽到這個回答，我心滿意足，看到綠燈亮了便踩下油門。

「不過啊，學長居然拐騙可愛的學妹啊……」

「措詞改一下好嗎？」

「我說的都是事實吧？」

「可愛的學妹也是嗎？」

「我要打電話，把學長剛才的話告訴阿航跟美園。」

「能送可愛的學妹回家，我好幸福啊——」

「這樣就對了嘛。」

志保滿意地笑道，而我真切地希望她千萬別把這件事告訴美園。

「我們今天去的觀光勝地，大多都是妳去過的吧？」

「才沒有這種事。因為我其實不太去自己家附近的觀光景點。反而是出了縣界的景點，大概都去過。」

這次的旅行就方向來說，也包含志保的家鄉。因此我們造訪的地方，她想必大多很熟。本來想問她玩得是否盡興，沒想到她的回答出乎我的意料之外。

「是這樣喔？」

「這可能是住在鐵道路網比較發達的地方的人不會懂的感覺吧。若家人不開車出去，我根本沒辦法輕輕鬆鬆去觀光景點玩啊。」

「啊～我懂了。」

「不過當然了，我還是會去大眾運輸工具完善的地方啦。這次我們是開車移動，也沒去幾個這樣的地方，所以很多都是第一次去，我玩得很開心喔。」

志保笑著這麼說，她還笑說：「像牧場是以前遠足的時候去的。」

「那就好。」

這時候，導航給予指示，要離開臨海的道路往市區方向前進。

「本來以為晚上的海景會再更浪漫一點，沒想到很恐怖耶。」

「因為很暗啊。如果去到岸邊，又會有另一種感覺吧？」

從照明偏少的道路看向海岸，確實令人毛骨悚然。但若是在半月和繁星的照耀下，與交往的對象走在岸邊，一定會是一幅不一樣的景色吧。總有一天想來看看。

「要我猜猜學長現在在想什麼嗎？」

我想就算志保再厲害，一定也猜不出來。但畢竟內容敏感，沒辦法馬上回答她。

只見志保伸出食指，我則是斜眼看著她，張口說：「講白了——」

「學長想和美園一起來，對吧？」

我無言以對。要不是怕事情有萬一，先繃緊身體，現在可能已經出車禍了。

「我猜對了嗎？」

「……妳為什麼會知道啊？阿成學長說了什麼嗎？」

志保原本笑瞇瞇的，卻在聽了我的疑問後，一臉無奈地嘆了口氣。

「阿航什麼都沒說啦，但我就是知道。學長傻了嗎？」

「該不會……大家都看得出來吧？本人也是？」

志保的回答讓我盜出冷汗。我以為自己隱藏得很好耶。

「她沒發現啦。我猜其他人也幾乎沒發現吧。」

「太好了……真的……」

「不過你們只要走在一起就很明顯喔。其他人會沒發現，就是因為沒看到這個。」

「真的假的？」

「真的啊。」

我大大吐出一口氣，讓自己的心冷靜下來。我很訝異被她看穿了，但今天原本就打算告訴她。現在路程正好來到一半的地方。本來是打算在還有十分鐘車程的地方開口，可是以時機而言，只能現在說了。

「不過這樣正好。」

「什麼正好？」

「我打算告白。」

這次我沒用眼角餘光看志保的反應。

「…………是叫我幫忙的意思嗎？」

她這句話有著一絲警戒的色彩。我猜，針對美園的這類話語，志保很有可能已經聽過太多次了。

「不是。不對，正確來說，也不能算錯。」

「……什麼意思啊？」

沒錯。就某層意義來說，我希望她幫忙。甚至不惜冒著會被當事人知道的風險——雖然到頭來，志保根本看穿了一切——也要在告白前，對她說出這些。

「等我告白之後，如果美園拒絕了，想拜託妳居中協調。」

「啥！」

志保的吼聲在車內迴響，感覺像是生氣，也像是傻眼。

「請學長講清楚。」

「如果我告白，她也同意了，那就沒有問題。可是如果我被甩，拒絕我的美園不是會很尷尬嗎？以她的個性，短時間內見到我都會覺得尷尬吧？」

若沒處理好，說不定在我引退，完全不造訪文執之前，她都會一直尷尬下去。

「所以呢？」

志保平穩的聲音靜靜地迴響。

「所以我想拜託妳，若無其事地居中協調。假如她知道妳得知告白的事，一定也會不知道怎麼面對妳，所以要若無其事喔。」

我這麼拜託她後，過了大概一分鐘，志保還是沒有回答。

「志保？」

我趁紅燈往左看，正好和一臉傻眼的志保四目相交。她浮誇地嘆了又大又長的一口氣後，再度開口。她今天一直對我嘆氣耶。

「我第一次體會到什麼是目瞪口呆了。」

志保說完，再度嘆了長長的一口氣。我拜託的事有讓她傻眼成這樣嗎？

「好啦，這件事我明白了。」

「妳幫了大忙。謝謝。」

雖然感覺很勉強，志保還是答應了。我輕輕低頭道謝後，左側傳來一道「受不了」的聲音。當志保繼續說著「真是——」，後方車輛輕輕按了喇叭。我急忙看看紅綠燈，然後鬆開煞車踏板，此時志保的話語已經結束在「——的兩個人呢」。

「妳剛才說了什麼？」

「你說呢？我忘了。」

「年紀輕輕就健忘啊？」

「……我要告訴美園喔。」

「請您千萬不要這麼做。」

車子再往前開了一段路後，志保輕輕吐出一口氣，然後開口：

「那學長什麼時候要告白？我可不想等到天荒地老。」

「也對，我都拜託妳了，的確不好讓妳一直等。」

「就是啊。那預計是什麼時候？明天嗎？」

志保一改剛才傻眼的模樣，開心地把身體探向我這邊。

「不要強人所難啦。我想想喔……至少九月中一定會告白。」

「現在是八月耶！你這個窩囊廢！」

◇◇◇

我大膽宣布要告白的隔天晚上就開始抱頭苦思。

昨天送志保回去後，實在太累，所以洗完澡就睡了。而今天上午要去還車，並結算和車子一起交給司機的經費剩下多少。之後我們一群司機就一起去吃午餐。

根據阿實所說，五號車的男女比例是二比三，美園幾乎沒有跟男生有什麼接觸。放心了嗎——面對笑著這麼說的朋友，我請他一杯果汁。

我的早上和中午大概就像這樣過去，現在是我放話之後，首次有獨自思考的時間。但冷靜想一想，各種問題也隨之迸出。

首先第一點，就是宣布告白。仔細想想，我在被甩之後再去拜託志保不就好了？即使不覺得志保會透露給美園，可是這樣好像讓她扛著一個重擔，有點罪惡感。本來也想跟香和雄一先商量好，還是事後再說吧。

接著第二點，就是告白這件事。要何時、做些什麼、用什麼詞彙告訴她？說實話關於這些問題，我毫無頭緒。我根本沒告白過，也沒被告白過，所以上網查了一下，得到「去氣氛佳的地方約會，然後再告白比較好」的結論。

然而問題在於遭到拒絕的情況。如果在約會中告白，然後被甩了，回程不會尷尬到極點嗎？如果是被甩就原地解散嗎？當我想著這些問題，一切又回到原點。

由於一直沒有結論，原本想乾脆睡覺算了，但我想起冰箱裡已經沒東西了，於是前往最近的超商。結果在收銀檯看到熟人。

「嗨，好久不見。」

「噢，好久不見。」

檢查有效期限，隨手買了便當，然後前往收銀檯和渡久聊聊合宿時發生的事。因為現在時間已經晚了，加上大學在放暑假，店裡沒有其他客人。

「其實我也想去合宿。不過很早就決定夏天心力要放在游泳社了，這也沒辦法。」

「而且還有女朋友嘛。」

聽到我語出調侃，渡久難為情地笑了。看他這樣，我忽然覺得這是一個機會，可以問我很想問的問題。

「渡久，你們是誰先告白的？」

「嗯？」

見我突然改變話題，渡久一臉不解。於是補充「就想問問看」，然後要他快說。

「是我喔。」

「什麼時候？在哪裡？用什麼感覺說的？」

「你幹嘛這麼……就……社團活動結束後，我們一起走路回家的時候。地點在體育會（註：指運動社團相關的聯合組織）棟到這裡的路上吧。」

渡久的臉在不知不覺間，變成傻笑的表情。我感覺到一絲危險的徵兆，但還有想繼續問的事。

「對方是一年級，所以你們等於認識沒多久就告白了對吧？你不會擔心嗎？」

「我記得不到兩個星期喔。現在想想，應該是有點擔心，可是我喜歡人家啊。」

「這樣啊。謝謝你。」

整張臉已經鬆垮到不行的好友說出的這句話，非常具有衝擊性。

「啊，然後綾乃當時啊——」

「在你打工的時候聊太久也不好，我先走了。再見，謝啦。」

「阿牧，你等等，我還沒說完——」

我揮別還沒暢談過癮的好友，就這麼離開超商。

渡久的女朋友上橋學妹當然和美園不同。所以不可能直接拿來參考，但他那句「可是我喜歡人家啊」，彷彿狠狠揍了我的頭一拳。當我不斷反芻這句強烈留在心中的好友所說的話，這才被迫察覺——到頭來，自己也跟他一樣。

◇◇◇

暑假期間的全體會議是每週一次，固定在星期五舉行。視情況會召開部門會議和小組會議或是額外開會，不過展演企畫部並不會如此。

我在會議開始前十分鐘進入用來開會的教室，首先在教室裡尋找美園。馬上就找到比任何人都要搶眼的她，但模樣似乎怪怪的。髮型和服裝都和平常一樣，光看背影就非常可愛，可是不知怎麼的，身上卻散發一股陰暗的氛圍。今天早上和她傳訊息聊天時，並沒有這種感覺啊。

「阿牧，這邊這邊。」

正當我想靠過去時，渡久從另一邊呼喚我。

「嗨，一晚不見了。」

我這麼回他，並坐在渡久位於美園斜後方的座位旁。這時美園聽到聲音，往我這裡看，我們隨即對上眼。我輕輕舉起手打招呼示意，但平常都會笑著點頭致意的美園，今天卻帶著有些鬧彆扭的表情，點頭之後馬上看向前方。

「咦……」

我昨天因為坐在旁邊好友的一句話，感覺頭被狠狠揍了一拳，現在竟有一股心臟被貫穿的痛楚。我急忙起身，想前往美園的座位，志保卻來到我眼前。她看起來沒有在生氣，然而是一臉難以形容的神情。

「牧牧學長，可以打擾一下嗎？」

志保用眼神示意要去走廊，我點了點頭，告知渡久要出去一下，便追著志保走出教室。這時，我又與看著我們的美園對上眼，但她一臉不安，依舊馬上把臉別開了。

「我就直說正事。是這個。」

我們一來到走廊，志保就把某個東西遞給我。仔細一看，是個粉紅色的可愛信封。

「為了以防萬一先聲明，這可不是我要給學長的。」

「我再怎麼天兵也知道啦……」

志保尷尬地補充說明，但還是不懂她想做什麼。如果這是我心裡所想的東西，那給我也沒用吧？

「我知道學長想說什麼喔。但我也不是心甘情願想給的。畢竟不能隨便處理別人轉交的東西。」

「也是……啦。抱歉。」

「不會。不過我們才剛談過那件事，現在收到這個，心情也很複雜吧。」

我確實覺得困惑，但也有點高興。這不是說我對美園的心意產生動搖，而是第一次收到這種東西。而且重要的是，雖然對寫信的人過意不去，這會在我告白時多少幫忙增添一點信心。

「順便問一下，這是誰給的？」

說到這裡，我才終於收下那封信，並看了看正面和背面。不過上頭只寫著「牧村先生收」，並沒有署名。字很漂亮，但比不上美園。封口處還周到地貼著一張愛心貼紙。

「不知道。就算我說出名字，學長應該也不認識喔。是其他社團的人請我們公關部的女孩子轉交的。」

「就算妳這麼說，我還是毫無頭緒耶。」

「那學長想怎麼處理？」

「還能怎麼處理？當然是拒絕啊。」

不可能有其他選擇。當我如此斷定，志保才終於恢復原本的模樣，以稍微高傲的姿態誇獎：「說得好。」

「如果學長有那麼一點心動，我就會一拳揍過去，揍死你。」

志保邊說邊伸出拳頭，接著說聲「就這樣」便笑著回到教室裡。本來還想順便問她美園是怎麼了，只得作罷。

全體會議和部門會議結束後，因為香和雄一不在，我們也沒進行小組會議。於是我邀美園一起走。原本很擔心她會不會拒絕我的邀約，但她還是靜靜地點頭說：「好，謝謝學長。」雖然和平常開朗的模樣不同，她還肯跟我一起走，就放心了。

不過想當然耳，美園在回家的路上沒說幾句話。即使我主動拋出話題，她的反應也不太熱絡。一旦話題終止，她便會低著頭小聲道歉。應該是發生了什麼事，看到她這麼難受的模樣，連我也很難受。就在下定決心，要開口問她的時候——

「牧村學長……」

當我們走過我住的公寓不久，首先開口的人是美園。她稍稍放慢走路的速度，以認真的神情看著我的眼睛，然後繼續說：

「你今天有收到一封信吧？」

「嗯。」

喜歡的女孩子正在跟我談論我收到的情書。雖然是個異常尷尬的情景，我還是筆直看著她。不知道為什麼，強烈地想著：絕對不能移開視線。

首先移開視線的人是美園。我們就這麼靜默地走了一段路，穿越馬路之後，美園再度開口：

「那個……學長打算怎麼回答？」

「拒絕啊。」

美園低著頭，戰戰兢兢地發問，我則是間不容髮地快速回答。當她聽到我的回答，也迅速抬起頭來看著我的眼睛。臉上帶著驚訝以及些許喜悅的色彩。

「這樣啊。」

美園又快速別開視線，然後恢復步行速度。不知為何，她的視線明明和我錯開，我的心頭卻一點也不痛。

我們很快抵達美園的住處。一路上雖然又是一陣沉默，很神奇地沒有剛才那種尷尬的感覺。

「不過，學長拒絕掉，真的沒關係嗎？我是說……對方不是熟人嗎？」

在離別之際，美園又一臉不安地回到剛才的話題。

「熟人啊……其實我還沒拆信耶。」

「咦？還沒拆信就決定要拒絕……意思是，學長現在無意和任何人交往……」

美園發出驚訝的聲音，然後愈說愈小聲，最後根本已經聽不見。不過就聽到的範圍來說，她誤會了。我並不是無意和任何人交往，是無意和美園以外的人交往。

「不是這樣啦。反正我會拒絕就是了。」

「我不太懂學長的意思。」

美園一臉無法認同的表情。

「好吧。」

我說著，從包包裡把那封信拿出來。不希望她以為我會全盤接納信上寫的話語。再怎麼樣，也不能給她看內容，但我決定當場檢視信的內容，然後表達拒絕的意思。
我用眼角餘光確認到美園訝異地瞪大眼睛，就這樣撕開貼紙，然後打開信封，發現裡面放著一張圖樣可愛的便條紙。接著檢視紙上寫的文字——
「美園，妳看。」
「咦？」
我遞出便條紙，美園隨即發出疑問。
「那個……我確實非常在意，但我不能看。」
她說得當然沒錯，我原本也完全沒有要拿給她看的意思。
「別管了。妳看一下就對了。」
我說完，硬是把便條紙塞給回絕的美園。只見她慢慢睜開起先緊閉的雙眼，看了看便條紙的內容。
「丟了吧。」
接著嫣然一笑說出這句話，靜靜地撕破便條紙。
「咦咦？」
沒想到她會做到這個地步。
「我有多麼！多麼擔心！姊姊真的是！」

沒錯。便條紙上的署名是美園姊姊的名字，以及電話號碼和通訊軟體的ＩＤ。

『因為美園都不跟我說，只好請牧村同學聯絡我嘍。這封信應該會經由我高中時的朋友拿給你。』

還附上這一段文字。

「也太會混淆視聽了……」

用粉紅色的信封和愛心貼紙包裝，任誰都會誤會。我以為收到情書而喜形於色，還說要「拒絕」，簡直就像笨蛋一樣。應該說就是笨蛋。

我的臉因為羞恥而一陣躁熱，此時唯有鼓著腮幫子生氣的美園那副可愛的模樣，是唯一的救贖。

「對不起，姊姊給學長添麻煩了。」

如此說道的美園低頭致歉。為了道歉，她把我請進家門。

她現在心情已經恢復，有些害羞地笑著把黑色的室內拖鞋拿出來。美園自然而然地穿上與我顏色不同的白色拖鞋。之前跟志保聊過後，我以為她不穿室內拖鞋了，結果還有在穿嗎？

「包包就交給我放吧。」

「謝謝妳。」

我的包包很小，所以其實不必交給她放，但這樣的互動簡直就像一對夫妻，害我忍不住照做了。雖然從沒見過我家爸媽這樣就是了。

「請學長到桌子那邊等。」

美園把我的包包掛在她面前的衣帽架上，然後直接往餐廳走去。我如她所說，前往客廳的桌子，在地毯前脫下室內拖鞋，並將拖鞋擺好才踏上地毯。心中同時浮現「是不是真的有點麻煩啊？」的想法。

上次來打擾，已經過去一週以上。家中的模樣沒有多大的變化，不過書桌旁有疑似合宿時買的土產袋。當我心想「那是要給家人和系上朋友的東西吧」，美園就來了。

整齊擺在地毯前的室內拖鞋變成兩雙。黑白兩雙室內拖鞋擺在那裡的光景，即使有麻煩之處，依舊是一幅溫暖的景象。何必因為其他人家裡的室內拖鞋而沉浸在感傷之中啊——儘管心裡明白，還是忍不住這麼想。

「我剛剛才煮熱水，請學長稍等一下。」

我點點頭，美園也笑著坐在對面。

「學長可以丟掉那東西沒關係喔。」

「但我覺得也不能這樣吧？」

桌上放著方才那只粉紅色的信封。美園親手撕成兩半的便條紙，也姑且放在桌上。

「學長想跟姊姊聊天嗎？」

「也不是啦。可是對方是妳的姊姊，無視人家也不太好吧。」

「沒關係啦。我會替學長說她兩句。」

一旦和花波小姐扯上關係，美園總會像個小孩子一樣鬧彆扭。實在是很可愛，讓人會心一笑，臉頰忍不住垮下來。

「……有什麼好笑的嗎？」

「只是覺得妳們感情真好。有點羨慕呢。」

我說完，美園露出很意外的表情，然後別過臉。看她的臉頰有些紅潤，我立刻明白她在遮羞。

「……我去看看水滾了沒。」

美園撇了臉上掛著笑容的我一眼，離席去確認根本還沒發出電子音的快煮壺。

「話說回來，姊姊真的是很讓人傷腦筋。」

美園替我泡了冰紅茶，不知道是不是想繼續掩飾自己的羞怯，剛才那件事還是讓她很不滿。這副模樣也可愛得不得了，於是我在心裡感謝花波小姐。

「還給牧村學長添麻煩。」

「我沒差啦。不覺得是麻煩，所以妳不用放在心上喔。」

自己誤會那是情書，好像還說了什麼丟臉的話，但我決定把那些事全忘了。

「就算學長不在意也一樣。她一定是故意用那種會讓人想歪的信封。」

「我想也是啦。」

我不太了解花波小姐的個性，但無論如何都不認為她是因為少根筋，才會做出那種選擇。我苦笑面對氣得可愛的美園，然後喝了一口冰紅茶。

「不過多虧花波小姐，我也作了一個好夢。算扯平了吧。」

所以妳也不要在意——當我抬起頭想這麼說的時候，美園又一臉不開心了。

「……學長很高興嗎？」

我說錯話了。這道沒有抑揚頓挫的聲音如此提醒自己。以美園的價值觀來說，她大概不喜歡看到別人為了一封陌生人的情書開心的模樣。

「不是啦，因為我第一次收到那種東西啊。雖然結果並不是啦。」

我帶著自虐的心，乾笑了幾聲，但美園的眼神卻有點冰冷。

「不是啦，應該這麼說。如果我也能從喜歡的女生手上收到那個，那當然是最開心的。就算不是，也多多少少……真的只有一點點開心——」

「牧村學長。」

沒有抑揚頓挫的聲音現在有了感情。那道聲音傳出些微的顫抖，聽起來彷彿蘊含著悲傷。

「你有喜歡的人嗎？」

美園畏怯地筆直看著我問道。她這麼一問，讓我下定決心。

一定只有這次機會。現在既不是自己苦思已久的約會途中，也絲毫不是適合告白的氣氛。即使如此，我說什麼都不想欺騙自己的心意，也不想欺騙美園。

然而想開口的我，卻無法順利發聲。我的頭腦以為自己很冷靜，但回過神來，才發現心跳就像長距離奔馳後的狀態，平衡感好像也開始出狀況。

我覺得口很渴，因此抓住玻璃杯想喝口冰紅茶。但由於手在抖，冰塊和玻璃杯互相碰撞，發出的喀啦聲響，在高防音性能的靜謐房間裡窩囊地響著。

我伸出微微發抖的左手，硬是穩住發抖的右手，拿著這輩子最拚命想要的飲料。喝了兩口冰紅茶，吐出又深又長的氣息，定睛看著坐在對面的美園。即使見到如此醜態，她還是靜靜地等待我開口。

「我有喜歡的人喔。」

美園緊繃的身體瑟縮了一回。接下來已經無法遏止。再來只要把我的心意告訴她就行了。

「我喜歡妳。」

我清清楚楚地說出這句話。

「我喜歡美園。」

我說不出什麼機靈的話。

「想請妳跟我交往。」

本來以為自己做好心理準備了，但說出口後，心跳卻比剛才更快。心臟感覺隨時會爆開，臉也比去年因為流感臥病在床時還燙。

我沒有別開視線，算是僅存的最後一絲骨氣。但一開始愣在原地的美園，卻在看到我的眼睛後視線馬上錯開，然後左右游移。

臉頰上淺淺的朱紅色彩，也馬上往整張臉擴散，如今已經紅到耳根子去了。

抖動的水嫩雙唇開開合合，好像想說些什麼。

不知不覺間，抖動的不只嘴唇，甚至傳到那纖細的雙肩。

我是不是應該對她說些什麼？但想不出該說些什麼，而且現在一定口齒不清。

「那個……」

跟暑假剛開始美園不在這裡時相比，單一時間單位帶給身體的感受，一定是現在比較久。她的聲音打破這段沉默，不過顫抖得非常厲害。

接著，當我看見一滴液體滑過她的右臉，我的頭腦瞬間涼了。

「下次再回答我就好了。抱歉，對不起——」

我道歉後想站起身，美園卻用顫抖的聲音制止我。

「不是……的……」

她用手指擦擦淚水，結果左邊也流出相同的眼淚，只好放棄擦拭，然後笑了。她流著淚，但也確實笑了。

「請學長不要道歉。」

美園筆直注視我，露出溫柔的微笑。

「我好高興。」

她的聲音顯得有些沙啞。

「妳的意思是……」

我戰戰兢兢——卻也滿懷期待地問道。

「是的。我也……喜歡學長。想……和學長交往。」

尾聲

「讓學長久等了。」

我坐在背對餐廳的沙發上，這時說要去補妝的美園從洗手間回來了。儘管只有一下子，她還是流淚了，所以想整理儀容，但因為我們的談話都沒有後續，我猜她是想先緩和一下。

「歡迎回來。」

緊張到不行的我，沒有挪動視線，迎接有點緊張的美園回來。她從餐廳方向走來，直到來到沙發為止都看不見她。即使過來了，也只能用眼角餘光看她。而且我剛才的回應一定在顫抖。

美園一句話也不說，直接坐上沙發。她坐在雙人座沙發中央靠近我的位置，和我並肩坐著。

「因為……我們是男女朋友。」

我訝異地轉頭，只見美園看著前方害羞地笑道，並牽著我的手。一碰到那隻柔軟又溫暖的手，便直接扣緊她的手指。這是交往之後，第一次接觸到她的手指。還是一樣纖細，明明柔軟卻彷彿一使力就會折斷一樣。這讓我更想好好呵護她。

我還有很多話想告訴她，想請她傾聽。而美園應該也一樣。即使如此，我們雙方還是不發一語。明明處在能清楚聽見對方呼吸聲的距離，彼此之間的沉默卻有種舒適感，讓人還想再稍微沉浸其中。

「牧村學長……」

「嗯。」

看看牆上的時鐘，大概過了五分鐘──實際上卻覺得更短──美園叫了我的名字。我們緩緩轉頭面向彼此，然後一起害羞地笑了。我心癢難耐，覺得快死了。

「你是什麼時候開始對我……」

我們的手就放在我的腿上。互相交纏的手指使了點力，那雙往上看著我的眼眸，顯得有些動搖。美園的話沒有說完，但不用想也知道後續會是什麼。

「嗯？」

只是她的模樣實在太惹人憐愛，我現在才明白，小學男生總會想欺負心儀女生的心情為何了。

「請你不要這麼壞心。」

美園可愛地鼓起腮幫子，憤恨地仰望我。實在是可愛到無以復加。

「抱歉抱歉。」

「學長要是肯好好回答，我就原諒你。」

美園不滿地別過頭，但還是用眼角餘光看著我。那道視線中並沒有怒氣和不悅，只有期待的色彩。

「其實我也不知道確切是什麼時候。」

「咦？」

「等我發現，就喜歡上了。有自覺是在連假後，所以應該是一起去吃飯之後吧？」

「原來是那天啊。幸好我有開口，真是太好了。」

美園感慨萬千地說，然後露出一抹微笑。

「那妳呢？」

「我怎麼樣？」

我試著拋出一樣的問題，結果她可愛地歪著頭敷衍。這大概是一種又小又可愛的回擊吧。

「妳是什麼時候開始喜歡我的？」

「不告訴你。」

「喂。」

我硬著頭皮發問，美園卻淘氣地呵呵笑著蒙混。隨後，她轉為認真的表情看著我。

「雖然不說，但我一直都很喜歡學長。」

「這樣啊。」

「對。」

我不知道她口中的「一直」指的是多長的一段時間，但聽到她這麼說，肯定覺得很開心。

「可是學長好遲鈍，完全沒發現我的心意。」

美園故意嘆了一大口氣，看著前方笑道。

「我覺得被發現不太妙，可是現在想想，還是希望學長能發現。」

「我沒臉見您。」

其實就某種程度來說，我有察覺她釋出的好感。但當時認為那是類似信賴的感情。現在得知自己以為是單戀的時間，其實是兩情相悅，實在很開心。感覺就像回憶刷上了新的色彩。

我記得美園說過的各種話語。現在明白她的心意之後，當時聽了不是很懂的那些話，有很多句聽起來都不一樣了。

「其實妳一直在表示耶。」

「請不要現在想通好嗎……」

她大概也想起來了，因此紅著臉，把頭壓低。

「不管是進到我家、下廚做菜，還一起吃飯的人，全都只有學長喔。」

美園抬起頭，帶著苦笑補充：「除了小志以外啦。」

「原來我最大的情敵是那傢伙啊。」

「或許是吧。」

我故意叫苦，美園則是回以一抹微笑，並接著說：「可是——」

「牽手、讓我在家過夜、希望能見到我穿浴衣的模樣，還有睡在我大腿上的人，確確實實只有學長一個人。」

「嗯。」

我點了點頭，稍稍握緊左手後，美園也對著我微笑，右手用了點力。

「所以以後要一起創造只屬於我們的回憶。」

「好，說好了。」

我說完，身體稍微轉向，伸出右手小指。

「好！」

美園興奮地回答後，和我一樣將身體稍微轉向，並伸出左手小指。

「這樣很難打勾勾耶。」

「就是說呀。」

我們這麼說道，然後相視而笑，卻沒有人想放開握緊的手。

「那我差不多要回去了。」

我們度過三個小時始終牽著手的時光，現在只剩一個小時，日期就會轉換。

「咦，這麼快就要走了嗎？」

「日期都快變成明天了，我待太久也不好啊。」

美園快速轉頭，顯露一臉不滿。但我其實和她有相同的感受。儘管如此，如果不主動開口，想也知道美園絕對不會說出「希望我快回去」之類的話，所以必須找個時機說出來。

「會痛啦。」

「啊……對不起。」

應該是下意識吧。美園以今天最強的力道抓著我的左手，我面露苦笑後，她才急忙放鬆力道。

「以後時間多得很啦。」

「是這樣沒錯……」

「而且我今天再繼續跟妳相處，心臟會一發不可收拾。」

我對即使腦袋明白，依舊一臉不滿的美園開了個小玩笑。只見她眨眨眼後，小聲笑道：

「那可就傷腦筋了。」

「那我最後可以拜託學長一件事嗎？」

「嗯。儘管吩咐。」

「請抱緊我。抱著我，然後說喜歡我。」

「這感覺對心臟很不友善，但我很樂意。」

我們同時放鬆手指的力道，鬆開彼此的手，然後從沙發上站起，面對彼此。現在的距離比剛才還遠，但這是我們告白後，第一次彼此面對面。

「感覺……好緊張喔。」

「是啊。」

嘴上儘管說緊張，光是彼此對上眼，臉就會整個垮掉。即使是如此散漫的臉，我的女朋友依舊非常可愛。

一對上視線就開始傻笑，然後稍微錯開視線，隨後再度對上。我們不斷重複這種羞死人的互動後，美園張開雙手往前伸向我。我慢慢走進她的雙臂之間，然後伸出自己的手，環抱美園的背，輕輕抱緊她。她踮起腳尖，把可愛的頭靠在我稍微彎腰後的肩膀上，雙手則是環繞在我的頸部。

「我喜歡妳。」

「好的……」

當我抬起環繞在背部的手，撫摸她的頭髮，她也用更強的力道攀附我的身體。我瞬間心想：情況不妙的心跳聲會不會被聽見呢？她頭髮的香氣掠過鼻腔，讓我確實感受到自己緊緊抱著這副柔軟的身體。

明明是離別的擁抱，到頭來我還是在日期變成明天的前一刻才離開美園的住處。絕不是因為自己意志薄弱，而是我女朋友的魅力太凶暴了。

後記

各位好久不見，我是水棲虫。

非常感謝各位讀者購買《大學社團裡最可愛的學妹　2.消極學長與積極學妹的煙火大會》。

書名和第一集時一樣都是兩段，不過我在上一集的後記裡，是寫《大學社團裡最可愛的學妹　消極的學長與積極的新生》，我把副標題前面的「1.」拿掉了（註：此為日文版的狀況）。如果手邊有第一集，不妨拿出來檢查看看。

這不是疏漏，而是沒信心，覺得又不知道是否能出第二集，標上「1.」真的行嗎？如今看來就是一場笑話……也不是啦，應該是「這個白痴幹嘛自作主張啊」這樣。

無論如何，都是多虧各位讀者眷顧，以及所有相關人士出力，我才能成功推出第二集。覺得非常開心。真的很謝謝大家。

第二集的內容是從六月後半到八月底附近，季節跟發售日對不太上。其實責任編輯也針對這點吐槽過，我的戀愛喜劇在夏天沒有泳裝。相對的推出浴衣。浴衣很棒喔。

順帶一提，下一頁最後的部分有劇透，會提到一點故事內容，所以從後記開始看的讀者，我們之後再見吧。

那麼接下來是謝詞。

I藤責任編輯，這次也獲得您給予的眾多精確建議。每經過一次改稿，文章就會愈精鍊，和初稿相比，給人的印象變好很多，我真的非常感動。此外，也非常感謝您致力於販賣策略上（雖然也有很多我不懂的做法）。

插畫家ｍａｒｕｍａ（まるま）老師，您第一集的插畫只能用「神」、「棒透了」來形容。不僅給讀者留下好印象，我現在依舊會每天欣賞並傻笑。非常謝謝您。第二集的插圖也是從草稿開始，就開始挑戰我的臉部肌肉，每天對完稿的期待愈來愈高，真的非常期待。

在第一集的後記有寫到「還沒有任何實際感受」，不過在第一集販售的背後，有許多人為我出力。當然了，即使是現在，我也無法認得每一個人。但看到有這麼多人支持，我在喜悅的同時，更有了新的體悟。真的很謝謝各位。

接著是各位讀者，非常感謝各位看過第一集之後，繼續支持我。既然我們又在第二集的後記重逢，代表各位有萌生「想看續集（看看也無妨）」的想法。只能說我極度感謝各位。如果第二集也能讓各位有相同的想法，那是無上的喜悅。

那麼，在本集最後，智貴和美園的關係改變了。不過兩人的故事還沒結束。倘若還能再推出續集，希望各位能繼續守望他們。

最後，衷心期盼下一集還能再見到各位。

水棲虫

其實是繼妹。
～總覺得剛來的繼弟很黏我～ 1~2 待續

Kadokawa Fantastic Novels

作者：白井ムク　插畫：千種みのり

「老哥，你陪我練習……接吻吧？」
刺激的請求，開啟了全新的混亂局面！

晶的個性隨性，是個可愛過頭的弟……是像弟弟一樣的繼妹。自從她向我表明心意後，和我相處的距離還是老樣子。不對，我們之間的距離反而縮短，每天都過著心頭小鹿亂撞的兄妹生活！這是我和晶以一對兄妹、一對男女的身分，又成長了一點點的第二集！

各 NT$260/HK$87

國家圖書館出版品預行編目資料

大學社團裡最可愛的學妹. 2, 消極學長與積極學妹的煙火大會/水棲虫作；楊采儒譯. -- 初版. -- 臺北市：臺灣角川股份有限公司, 2023.08
面；　公分. -- (Kadokawa fantastic novels)

譯自：サークルで一番可愛い大学の後輩. 2, 消極先輩と、積極後輩との花火大会
ISBN 978-626-352-819-2(平裝)

861.57　　112009607

Kadokawa
Fantastic
Novels

大學社團裡最可愛的學妹 2
消極學長與積極學妹的煙火大會

（原著名：サークルで一番可愛い大学の後輩 2.消極先輩と、積極後輩との花火大会）

2023年8月23日　初版第1刷發行

作　　者：水棲虫
插　　畫：maruma(まるま)
譯　　者：楊采儒

發 行 人：岩崎剛人
總 編 輯：蔡佩芬
編　　輯：楊芫青
美術設計：吳佳昫
印　　務：李明修（主任）、張加恩（主任）、張凱棋

發 行 所：台灣角川股份有限公司
地　　址：104台北市中山區松江路223號3樓
電　　話：（02）2515-3000
傳　　真：（02）2515-0033
網　　址：www.kadokawa.com.tw
劃撥帳戶：台灣角川股份有限公司
劃撥帳號：19487412
法律顧問：有澤法律事務所
製　　版：巨茂科技印刷有限公司
ISBN：978-626-352-819-2